「え、あっ、や……っ、
ひっあぁッ！」
生温かい舌が、
あられもない場所を舐めている。
しかも相手はシリルで、
大好きな人で……。
「はずかしい、こんな、
やっ、んんっ！」

麗しの騎士団長様に息子ごと愛し尽くされています

～極甘シークレットベビー～

木登

Vanilla文庫

Contents

イラスト／ｇａｍｕ

一章

ヒンメル王国、第二王女付きの侍女である男爵令嬢、リジー・ドットは強く心に決めていた。

今、十八歳。

自身が二十歳の誕生日を迎えたら。

この心に秘めた気持ちが大きくなり、恋がいっそう騒ぎだす前に……生家を経済的に支えてくれる裕福な伯爵の元へ後妻でも構わないので嫁ごうと。

希代の名工である金細工職人の手によって、繊細で美しい装飾が施されたジュエリーボックス。

朝露を花びらに浮かべた金の百合からは、今にも甘い芳香が広がりそうで、リジーはいつも少しだけ緊張しながら蓋に手を掛ける。

慎重にそうっと開く。内側は深紅のビロード張りになっており、目を見張るほど美しい宝石を加工したアクセサリーが綺麗に並んでいた。

爽やかな朝だ。

長く居座っていた厳しい冬が去り、その残された足跡の上に新たな命の息吹を与える強い風が吹く。

春が来る。

寒さに閉ざされたヒンメル王国に、花と緑の季節がやってきていた。

古い石造りの巨大な城の上で、春の訪れを告げる雲雀《ひばり》が鳴く。

目の前に背を向けて座るのは、第二王女アリア。そのさらけ出された白いうなじの、うすい産毛が光っていた。

豊かな赤髪は丁寧に結い上げられ、後れ毛一つない。

「アリア様。今日は春の野を思わせる萌葱《もえぎ》色のドレスですので、アクセサリーは咲き始めた花のような小ぶりで可憐な物を選びたいのですが」

「リジーに任せる。どうせ今日は誰とも会う予定はないし、いっそ寝巻きのままでも良かったのよ」

アリアは十六歳の少女らしい仕草で、鏡に向かって小さく舌を出した。

「そんな風に舌を出してはいけません。キャリー先生に見つかったら大目玉ですよ」

「キャリー先生のマナーのお勉強、堅苦しくて嫌だわ。いっそリジーが教えてくれたら良いのに！　お給金だって、お母様に頼めばそのぶん増えるのよ」

お給金が増える――。その言葉に、リジーの心はぐらぐら揺れたが、理性がそれを制した。

「それはかなり魅力的なお話ですが、アリア様の将来のためにもきちんと先生から教えて頂く方が良いのです」

「リジーの立ち振る舞い、お母様だって大層褒《ほ》めていたのに。これならアリアの側に置いても問題ないわってね」

城に仕える侍女は、皆揃って名のある家門の令嬢たちばかりだ。

リジーの生家も男爵という爵位持ちだったが、田舎でわずかな領地だけを持つ裕福ではない部類の貴族だった。

リジーは行儀見習いとして城に侍女として上がったが、本当の理由はお給金が良かったからだ。

母が早くに亡くなったあと、リジーは父と二人で暮らしていたが、六年前に父は若い後妻を親族から押しつけられるかたちで迎えた。

父と継母の間にはそこで愛が芽生え、可愛い双子が生まれ、リジーは幼い弟たちの将来のためを思い、はるばる王都まで働きに出たのだ。

新しい家族の邪魔をしてはいけない、そういった気持ちも多少はあった。

城ではその立ち振る舞いの美しさ、きめ細かい気配りが王妃の目に留まり、第二王女付きの侍女にと大抜擢された。

リジー自身の大変整った見目も、決め手だったのかもしれない。

小さな顔に整った目鼻立ち、形の良いふっくらとした唇。

大きな瞳は夏の空のように青く透き通り、艶《つや》やかな金色の髪は、頭を垂れ風に一斉に吹かれる麦の穂のように、豊かで美しいものだった。

誰もが見とれるが、本人にはそれを鼻に掛けた様子が全くない。

育った環境のせいもあるのか、同世代の侍女たちよりもうんと冷静で大人びていた。

「私の立ち振る舞いは、母が亡くなったあと、子供だった私の面倒を見てくれた乳母から躾《しつ》けられたものです。生家は裕福ではないので、せめてマナーだけはと……身についたものは誰にも取られません」

「素敵な方だったのね。リジーと話していると、しっかりやんなきゃって思うわ」

アリアとリジー。歳が近いせいもあり、二人きりの時にはこっそりと砕けた話もする関係になっていた。

アリアの首元へ、リジーがひと粒真珠のシンプルなネックレスを着ける。

鏡の中のアリアは、王女らしい気品を持って優雅に微笑んだ。

「いい天気ね、せっかくだから午後にはお茶でもしたいわ」

「午後ですね」

「ええ。鍛錬場が見える……二階のテラスなんてどうかしら？」

二人は鏡越しに目を合わせ、ふふっと笑い合う。

どうにもならない事情は一旦置いておき、アリアも恋に憧れる年頃だ。

好ましい男性を見かければ気づかれぬように目で追い、こっそりと心の中で年頃の娘らしく盛り上がる。

アリアにそれを打ち明けられたリジーは、王女であってもそれは当たり前の感情だと思った。

いつか政略結婚というかたちで、輿入れをして子供を産むのが王女の運命。アリアもそれを幼い頃から理解している。

輿入れが決まるまでの、若い蕾《つぼみ》の間のささやかな時間くらいは、心の中だけでなら恋に恋しても良いのではないかとリジーは考えた。

王妃にもそれを黙認している節がある。

アリアとリジーはそれに感謝し、礼節をわきまえながら短い青春を楽しんでいた。

アリアと一緒に、騎士団員たちの鍛錬する姿を遠くから眺める。

いつしかその中に、リジーにはつい目で追ってしまう存在ができた。

シリル・キュリー。

二十五歳の若さながら、精鋭揃いの王国騎士団の中でも恐ろしく腕がたち、次期騎士団長だと噂されている男性だ。

シリルは剣の名門キュリー伯爵家の次男で、家督を長男が継ぐため自身は王国騎士団に入団したと聞く。

濡羽色《ぬればいろ》の黒髪、長身で均整の取れた筋肉質な体軀。

真面目がゆえ、堅物なんて言われていると聞くが、物語から飛び出してきたような、憧れの騎士の姿だ。

遠くから眺めていてもわかる端正な顔立ちに、彼を好ましく思う令嬢や侍女やメイドはとても多い。

実際屋外の鍛錬場まで何かと親のコネを使って見学に来る令嬢も少なくはなかったし、なんと派閥もあるらしい。

その二つの派閥は見学が重ならないようにしていると、同じ侍女仲間から聞いたことがあった。

騎士団の団員は令嬢たちに人気があり、その中でも特にシリルには熱い視線が集まっていた。

リジーは時々、城の敷地の中でシリルとすれ違うことがある。

城には数多《あまた》の人間が雇われているため、案外賑やかで人の行き来も多い。

リジーの心臓はシリルの姿を遠くに認識し始めた瞬間から高鳴り、白い頬をあっという間に赤くした。

一つにまとめた髪を手櫛《てぐし》でさり気なく何度も直し、一歩足を進めるたびに視線をどこへやったら良いのかと焦《あせ》る。

シリルをじっと見つめる勇気は到底ないが、姿を認識していないフリをして無視をするのも失礼になってしまう。

すれ違う少し前に会釈するのが理想なのだが、それまでどこに視線を投げていたら良いのかわからない。

こういう時、リジーは自分の置かれた状況を少しだけ忘れられる。

着飾るドレスやアクセサリーも持たない貧乏男爵家ゆえ、相手側に利益が全くないのでお見合いの話も来ない。

あるのは後妻に欲しいだとか、愛人に欲しいといった話ばかりだ。

デビュタント、舞踏会、夜会。侍女たちが楽しみに話題にする催しのどれも、リジーには全く縁がない。

こんな自分だけれど、こうやってシリルとすれ違う時だけは等しく平等に、ただの女の子になれる気がしていた。

アリアが身分を忘れて鍛錬場の騎士に見入るように、リジーもこの瞬間だけは恋に恋する女の子になれる。

不自然なほど鼓動を強く打つ心臓を抱えながら、シリルとすれ違う。

会釈をして、顔を上げる。

ほんの一瞬、目が合う。

珍しい菫《すみれ》色の瞳がリジーを映し、二人の視線が絡み合う。

永遠があるとするなら、この数秒の時間と満たされた心のことだとリジーは涙がじわりと出るほど感じていた。

城に上がり侍女になってから、一年半が経とうとしている。

同期の侍女たちは皆、行儀見習いを終えると見合いや結婚をするのに実家に帰ってしまった。

花の命は短いという言葉を、リジーもひしひしと感じ始めている。

だから、リジーは決めていた。

このシリルへの気持ちを本気の恋だと自覚してしまう前に、二十歳の誕生日を迎えたら……実家を支援してくれそうな男性の元へ後妻でも構わないから嫁ごうと。

ヒンメル王国と隣のシーラ国は、国境を跨《また》るように巨大な山脈が根を下ろしている。

そこで数年前から石炭が採れるようになり、両国がこの山の所有権を主張したことから、関係が一気に険悪になってしまった。

複雑な地形から、この一帯の国境線は昔から曖昧になってしまっていて、今それが仇《あだ》となったのだ。

石炭は製鉄になくてはならない物だ。国の工業発展にとっては相当重要で、どの国も喉から手が出るほど欲しがる。

しかし資源は底なしではない。せいぜいもって三十年、それを二つの国が掘ったらその半分の年月以下で石炭は採れなくなるだろう。

いつか近いうちに、あの山を巡って争いになるかもしれない。

双方の国民たちはそう囁き合いながらも、まさかそんなことにはならないだろうと不安を押し込めて、普段通りに生活を送っていた。

『国境警備隊が増員された』

『夜な夜な弾薬が国境の砦、及び辺境へ運び込まれている』

『姫君たちを、反対の隣国へ逃がす準備がされているようだ』

『開戦も、本当に時間の問題なのかもしれない』

日に日にそういった不穏な噂が噂を呼び、それがまるで真実のように語られ始めた。

実際に国境の検問が更に厳しくなり、インフラ整備や修繕が遅れるようになってきている。

そのことが更に噂の信憑性を高め、いよいよ戦争を匂わせる雰囲気が国中に少しずつ暗い影を落としていった。

事実、国同士の話し合いは決別していた。

他国の仲介も無駄に終わり、城の中は国のどこよりも緊迫した雰囲気に包まれていた。

そんな時、王国騎士団の団長が代わるという話が城内に駆け巡った。

リジーは咄嗟《とっさ》に、シリルの姿を思い浮かべた。

きっと多くの人間がそうだったように。


侍女たちは一日の仕事を終え、順番に湯浴みを済ませて寝巻きに着替える。

ふっと気が緩み、ここからは年相応におしゃべりを楽しむ時間となる。

暗い空気の中で一日仕事をしていると、心がどんよりと重くなり笑顔も消えてしまっている。

皆がそうで、そのぶん、就寝前のひと時だけはこっそりと話に花を咲かせた。

「リジー、聞いた？　騎士団長様が代わるかもしれないんだって」

遠方から城に上がった侍女たちが暮らす部屋で、同室の令嬢からリジーはそんなことを聞いた。

団長交代の噂はリジーも知っていて、すぐにシリルの姿を頭に浮かべていた。

次期団長と噂されていたのがシリルだったので、この話題には余計に敏感になっている。

「ちらりと聞いただけだけど、そうみたいね」

「今の団長様、元々あった病がここ最近酷くなられたって。国境で戦いが始まってからじゃ遅いから、今のうちに交代した方が良いって話らしいよ……噂だけどね」

使い込まれた肌触りの良いリネンのシーツを整えながら、現騎士団長を思い返す。

年は四十代半ばくらい。肌は日に焼けて浅黒く、それが逞《たくま》しい筋肉を強調していた。

背が高くて一見怖そうなのに、挨拶をすればにこやかに笑い返してくれる人物だ。

持病の胃痛が酷いらしいとは聞いていたが、昨今の情勢ではますますそれも痛むだろう。

「療養なさる時間もなさそうだもんね」

そう言いながら、次の騎士団長は隊を引き連れて、きっと戦場の前線へ向かうことになるだろうと考える。

シリルが騎士団長にならなくても、彼は戦場で剣を振るうことになる。

そうなったら、命を掛けた戦いだ。リジーの手の届かない、わからない場所でシリルが命を落とす可能性だってあるのだ。

いざこざなんて、なくなればいい。

石炭なんて、ひと晩で魔法のように跡形もなく消えてしまえばいいのに。

口が裂けても言えない思いを胸に抱えて、沈んだ気持ちのままベッドへ潜り込んだ。


その数日後のことだった。

いつものように朝からアリアの身支度をしていると、部屋に来訪者がひょっこりと現れた。

「ごめんね、まだ着替えの途中だった？」

返事をする間もなく部屋に入ってきたのは、アリアの兄でヒンメル王国の第一王子、ユベールだった。

アリアと同じ赤毛の青年で、年は二十五歳。明るく社交的で、背も高くとても整った優しい顔立ちをしている。

シリルと同じく彼もまた、女性たちから絶大な人気があった。

侍女であるリジーにも普段から気さくに声を掛けてくれる、将来のヒンメル王国の国王だ。

「お兄様！　どうしたんですか？」

あとは髪を整えるだけだったアリアが尋ねると、ユベールはリジーに視線を向けた。

「リジーに用があって、僕が直々に話しに来たんだ」

リジーは、自分が何かとてつもない粗相をしてしまったのかもしれないと、身構えてしまった。

「私が何か、失礼なことを……っ」

青ざめ始めたリジーを心配して、アリアがドレッサーの椅子からさっと立ち上がり庇《かば》うように側に寄り添った。

「お兄様！　リジーが何をしたっていうの！」

ユベールは妹の剣幕に、軽やかに笑ってみせた。

「違う違う、誤解だよ。リジーは良くやってくれているじゃないか。話っていうのは、給金のことさ」

「お給金のこと？」

「そうだよ、リジーはアリアの側でよく働いてくれている。だから賃上げの話なんだ。けれど給金の話は個別になるから、相互確認する時間を貰えないかなって」

それで早くからここにやってきたんだと、ユベールはアリアに柔らかな声で説明をした。

「殿下自らのお声掛け、ありがとうございます」

深くリジーが頭を下げると、ユベールは端正な顔に微笑みを浮かべて「いいんだ」と答えた。

「できれば早く、午前中のうちに時間を作れる？」

　午前中はアリアのマナー講師が来るので、リジーはその間に装飾品の整理などの細かな仕事を終わらせてしまおうと予定を立てていた。

　しかしそれは、普段から整理整頓がきちんとされているため、急ぎではない。

　それに王太子直々の申し出を、仕事を理由に断るわけにはいかなかった。

「はい。大丈夫です」

「リジー、良かったね！　お給金が上がれば仕送りの負担も少しは軽くなるでしょう」

「ありがとうございます。確かに、今色々な意味でほっとしています」

「リジーには内緒でずっとお兄様に交渉していたの。あなたの働きが更に認めてもらえて嬉しいわ！」

　思わず自分の胸元をぎゅうっと握ってしまうほど、リジーはほっと安堵《あんど》していた。

　もし自分が気づかないうちに、王族を相手に粗相でもしてしまっていたら。

　貧乏な男爵家だ、取り潰しになったら家族全員が路頭に迷うことになる。

　けれどそれは杞憂だとわかり、しかもお給金も上がると知り安心したのだ。

　そんなリジーの様子をユベールは一瞬だけ申し訳なさそうな顔で見つめて、すぐにまたにこやかな表情に戻した。

「……では早くて申し訳ないけど、アリアの支度が終わり次第でいいかな？」

リジーは姿勢を正し、ユベールに向き合った。

「承知いたしました。私はどこへ行けばよろしいでしょか？」

「そうだね。蔦《つた》の間まで来てもらえればいいよ」

その部屋の名前を聞いて、一瞬疑問が頭によぎった。

蔦の間と呼ばれる部屋は、リジーのような使用人に対して使われるようなところではない。

貴族を呼んでサロンとしても使うが、主に上層貴族たちが集まって重要な話し合いをする時に使われる。

その時は人払いもされるため、使用人は誰も近づけなくなる。

リジーはアリアの身の回りの世話をする侍女なので、メイドのように清掃などで入室したこともなかった。

そんな場所でどうして、と顔に出てしまう寸前で何とか平静を保った。

「では、アリア様の支度が終わりましたらすぐに伺います」

「……うん、待ってるからね」

ほんの少し、ユベールが言葉を返すまでに掛かった間に、リジーの胸は小さくざわめいた。

『蔦の間』と呼ばれる部屋は、城に数多くあるうちの、一番奥まった場所に存在している。

まるで蔦に覆われて部屋の様子が窺えないから、そう呼ばれているなんて話もある。

重要な話をすることが多いので、そんな俗説があとから付けられたのだろう。

きょろきょろと辺りを見回しても、今日は見張りの護衛のひとりも立っていない。

（……どうして？　誰もいない）

途端に心細くなったが、アリアの兄、ましてや王太子に不信感を抱くわけにはいかない。

「アリア様のおかげだもの、ありがたくしっかり話を聞かなくちゃ」

給金が増えれば、実家にもう少し多めに仕送りができるかもしれない。

まだ若い継母や弟たちにささやかなプレゼントを贈ってみたいし、父にも、何か……。

リジーはそんなことを考え、気持ちを奮い立たせた。

蔦の間の前に着き、大きな扉の前に立つ。

華美な装飾品が一切ないぶん、木彫りの細やかな模様が、月日の流れと普段の手入れの影響で、深い飴色にぬらりと光っている。

深呼吸をし、軽くノックして声を掛ける。

「リジー・ドットです。お待たせいたしました」

するとすぐに、中からユベールの声で「どうぞ」と返事が聞こえた。

重い扉を押し開けると、広い部屋の奥のソファーにひとりユベールが座って待っていた。

蔦の間は深紅の毛足の短い絨毯《じゅうたん》敷きになっていて、リジーが一歩踏み出した足音も消してしまう。

壁には大小の金の額縁に入れられた絵画がいくつも飾られており、それを際立たせるため内装は落ち着いた黒を基調としていた。

気が散ってしまうような、華やかな調度品の類は一つもない。

まるで絵画のための部屋、美術館に似た重厚な雰囲気に満ちていた。

そこで、一枚の絵が目に留まった。

ひと際大きく、まるでこの一枚のための部屋とも思えるような存在感だ。

湖と、森を描いた絵だ。

エメラルドグリーンの湖に、空色が溶け込んだ綺麗で不思議な色をしていた。

湖面に映り込んだ白い雲、水面が風で小さく波打っているところが詳細に描かれている。

柔らかにそそぐ日差しと爽やかな風を、キャンバスを通して感じた。

(この風景は……見覚えがある。確か鉱山とは正反対側の辺境にある大きな湖だわ……)

もっと近くで見たいと近づきたい気持ちが湧いた時、自分がこの部屋に訪れた本来の目的を思い出した。

「お待たせしてしまい、申し訳ありません」

リジーは止まった足を慌てて進めた。

「大丈夫だよ。さあ、座って」

向かいのソファーをすすめられたが、テーブルに何もないことに気づいた。

「気が付くのが遅くなり、申し訳ありません。今すぐお茶の用意をしますので……」

踵《きびす》を返そうとするリジーに、ユベールは「本当にいいから」と止めた。

そう言われてしまったら、使用人は従うしかない。

リジーは改めて、すすめられたソファーに浅く腰掛けた。

向き合ったユベールは「さて」と口を開いた。

「リジー、ここに君が来てくれて、アリアにはとても良い影響を与えてくれている。あの子は少しわがままなところがあったけれど、君と出会ってからは随分と大人になったよ」

アリアはリジーに会った時、まだ十四歳の半ばだった。

少しくらいは子供っぽくてもおかしくはないとリジーは思っていたが、王族ともなると自分を律する精神力をいかに持てるかが大事だそうだ。

「アリア様は、とても優しい方です。私の方こそ日々励まして頂き、とても働きやすくしてくださっています」

リジーの他にも数人いる、アリア付きの侍女の誰もがそう思っている。

それを聞いたユベールは、ほっとしたような兄の表情を浮かべて微笑んだ。

「……アリアから、君の家の事情も聞いているよ。ひとりの侍女だけに肩入れしてはいけないとはわかっている。だから、リジーの仕事ぶりを見て欲しいと、ずっと言われていたんだ」

「……アリア様がうちの事情をとても心配してくださっていることはわかっています。ありがとうございます」

頭を下げる。

アリアは内緒で交渉していたと今朝言っていたが、このことだったのだ。

「毎月の給金の額を少し値上げしようと思う。これは国王である父、母も、侍女長も賛成している」

「あ、ありがとうございます……！　これで弟たちのために多めに仕送りができます」

「アリアは、君自身のためにも使って欲しいと言っていたよ」

くすりと笑われて、リジーは「あっ」と声を上げ、恥ずかしくなり咄嗟に俯いた。

もしかしたら、アリアはリジーにもっと身綺麗にして欲しかったのだろうか。

そう考えだしたら、上がったお給金ぶんを弟のためにとユベールの前で喜んでしまった自分が恥ずかしくなってしまった。

「……申し訳ありません。もう少し、自分の身支度に気を配ります」

不本意だったが、思わず目頭が熱くなり鼻の奥がつんと痛くなった。

すん、と聞こえないように鼻をすすったが、この静かな部屋の中では無意味だった。

それに驚き、狼狽《うろた》えたのはユベールだった。

「……リジー、どうしたんだ？　あ、僕の言い方かな、言い方がまずかったのか。違うんだ、君はそのままでも清潔だし綺麗だよ。アリアはもっと、リジーの好きなものを買って欲しいと思っているんだろうね」

身を乗り出し、手ぶり大きく弁明し「ごめんね」と繰り返した。

「いえ……お気を使わせてしまい、申し訳ありません。余裕ができるのなら、嗜好品にも目を向けてみようと思います」

「王都で流行っている菓子や装飾品はたくさんあるからね。今までも令息や騎士、ここで働く者から贈り物をされたことがあるだろう？」

リジーはその問いに、キョトンとしてしまった。男性から個人的に贈り物をされた経験がなかったからだ。

「いえ……そういった経験はありません。アリア様や同じ侍女仲間からはお菓子などたまに頂いたりはしますが」

「揃いも揃って意気地のない男共が……。君がどれだけこの城で働く独身男たちの注目を集めているか、もしかして知らないのかい？」

リジーは目の前の仕事に一生懸命に取り組むぶん、自分に集められる視線を気にする暇はない。

それでも、中には声を掛けようとした男もいたが、貧乏男爵家の娘との結婚を考えると尻込みをしていた。

それほど、この国では生家の財政力が重要視されていたのだ。

「仕事がありますので、そういったことは気にしたことがなくて。それに、私が注目を集めるなんてあり得ません。皆さんは、最近更に美しくなられたアリア様に視線を奪われているのでしょう」

さっきより表情を明るくして、リジーは自らの主人の美しさを嬉しそうに讃える。

芽吹いた新緑が成長するようにアリアが日々美しくなっていく様を、白い頬をほんのりと薔薇色に染めてうっとりと語った。

それに頷き、同意しながら聞くユベールは、心の中でリジーに熱視線を送る男たちに同情した。男たちはほんの少しも、リジーに異性として意識されていなかったからだ。

しかし自分の意志で動けない男たちに、リジーはとてももったいないとも思った。

リジーから聞かされる可愛い妹の話をもっと聞いていたいが、ユベールにはもう一つ、リジーに伝えなければいけない大事な話があった。

会話が自然と途切れた瞬間に、気持ちを切り替えるために小さな咳払いをした。

途端に、リジーが表情を引き締めて姿勢を正した。

「……それからもう一つ、アリアにはあまり知られたくない話をしたいのだけど、いいかな？」

疑問と不安を混ぜた表情を浮かべるリジーと視線を合わせたユベールは、ふっと視線をそらした。

その様子に、今度はどんな話をされるのか、全く予想がつかず戸惑う。

「……どんなお話でしょうか？」

しっかりと前を向き気丈に振る舞ったが、本当は心配な気持ちと連動するかのように、心臓がいやにばくばくと鼓動を打っていた。

膝の上で、ぎゅうっと自分の手を握る。

ユベールは口を開いては言い淀み、何度かそれを繰り返してからやっと声を発した。

「……近年、国境をまたぐ鉱山のせいで、隣のシーラ国と険悪になっているのは知っているだろう？」

「はい、噂には聞いています。実際にそうなのだろうと肌でも感じています」

誰もが噂を囁き合うが、大っぴらに騒ぐ者はまだいない。

けれど押し殺した不安は膨らみ続ける風船のようだ。

いつか限界が来てパンッと破裂したら、それを合図に一気に民衆がパニックになるかもしれない。

「隠してもいずれ露呈するだろうけど、戦になるのはどうも避けられそうもない。それに備え、このたび騎士団長の交代が決まった」

戦争の始まり、そして騎士団長の交代。

リジーは自分の身体から、さあっと血の気が引くのがわかった。

戦になったら実家の家族や、アリアはどうなってしまうのだろう。

アリアは友好国へすぐに避難する流れになるのだろうか。そして家族は……。

リジーの生家は華やかな王都から離れた穏やかな田舎にあり、わずかながら領地を持っている。

祖父は農民だったのだが、若い頃に田舎で行われた国王主催の狩猟大会の事故で、偶然にも当時の国王を助け、褒美として男爵の爵位と小さな領地を褒美として賜《たまわ》った。

返すわけにもいかず、右も左もわからないまま元農民のドット男爵がその時に誕生した。

今でもドット家は貧乏男爵の名で通っているが、領民との関係はとてもうまくいっている。

戦争が始まる前に継母や弟たちを逃がしても、父は領民が残る限り逃げ出すわけにはいかないと言って残るだろう。

それに、騎士団長の交代……頭に浮かんだのは、愛おしいシリルの菫色の瞳だった。

「あ、あの……新しい、騎士団長になる方の名前は……？」

ユベールはゆっくりと、そしてはっきりと口にした。

「シリル・キュリーだ」

それを聞いて、緊張と不安から汗が噴き出し、こめかみから首筋にたらりと流れた。

強く握った手が、小刻みに震える。

戦争だ。戦争の最前線に、シリルが行ってしまう。

騎士団長となれば、最後まで前線から退くことはできなくなるのは目に見えている。

何十年も戦争なんて起きていなかったのに、鉱山のせいで……！

「……うぅっ」

ユベールの目の前ではあったが、リジーは衝撃に耐え切れずに両手で顔を覆った。

戦争が始まれば確実に離れてしまうことがわかり、抑え込めていたシリルを想う気持ちが爆発してしまった。

もう顔を見ることも叶わなくなるかもしれない。

それどころか、シリルの命が確実に危険に晒される。

嗚咽《おえつ》を噛み殺そうと耐える、リジーの息遣いだけが部屋に響く。

「……リジーは、シリルのことがやっぱり好きなんだね」

「……え？」

涙でぐちゃぐちゃになってしまった顔から手を外すと、ユベールが眉を下げて微笑んでいた。

「アリアとリジー、たまに鍛錬場が見えるバルコニーに来るだろう？　アリアや君の視線の行方を気にする輩が多い中、君の視線は決まってひとりにいつも注がれている」

「……っ、そんなにわかってしまうものでしたか」

「僕は人一倍、目と勘がいいんだ。ここに確かな剣の腕があれば、僕が騎士団を率いることもできたんだけど……」

王太子であるユベールも鍛錬場で剣の稽古《けいこ》をしていることが多いが、まさか視線の先まで知られているとは思わなかった。

「鍛錬のお邪魔をしてしまい、申し訳ありません……！」

「いや、皆いつもより何倍もやる気を出しているよ。励みになるみたいだね」

だから、とユベールは続けた。

「リジー。君が生家を助けるために、給金のほとんどを仕送りしていることは知っている。君自身も、結婚を諦め気味だとアリアからちらりと聞いているよ」

その声色には、ぐっと真剣さが増していた。

「その通りです、間違いありません」

「……それは、本当に？」

止まらない涙をハンカチで必死に拭《ぬぐ》う。

「はい……たまに愛人や後妻などにとお誘いがありますが、今は断っています。ただ、いつまでもそうは言っていられませんので……」

もう少ししたら、そういった話を受けようと思っています。

そう続けようとすると、ユベールは「提案があるんだ」と話を被せてきた。

「まず、最初に言うね。この提案を君は断ってくれても構わない。ただ、必ず他言無用でお願いしたいんだ」

「他言無用、ですか？」

一体、どんな話なのか。リジーは頬を濡らしたままで息を呑《の》む。

ユベールの表情はアリアの兄の顔から、ヒンメル王国のたったひとりだけの王太子の顔になっていた。

元がにこやかな分、今の引き締まった表情にリジーの気が更に引き締まる。

「この国にはね、昔からある儀式があるんだ。湖の女神の加護をあやかったものなのだけど……」

そう言って、ユベールは壁に掛けられた湖の絵に視線をやった。リジーもそれを追った。

「湖の女神、ですか？」

「ああ。女神の加護にあやかるために、騎士団長が代わる時には……新団長には、一夜だけの花嫁……処女を抱いてもらうんだ」

処女を抱く、そう聞いてリジーの顔はすぐにかあっと真っ赤になってしまった。

知識としてはもちろん知っている。ただ、普段侍女たちの間でも、そういった話をしたことがなかったので酷く驚いてしまった。

「あの、処女を、だ、抱くとは……どうして……」

自分からやっと発した声は、情けないほど羞恥《しゅうち》心で震えていた。

男性、しかも王太子様とこんな会話をしているなんてと、リジーは顔を再び覆って隠してしまいたかった。

ユベールが冷静なぶん、顔を赤くする自分がますます恥ずかしくなってしまう。

悲しい気持ちと想像もしなかった話題に、心は酷く乱高下していた。

「一つ。湖の女神は大昔、愛した人間の青年が戦で死なないように純潔を捧げて、国からあらゆる災いを避ける加護を与えたという言い伝えがある。二つめは、処女は妊娠しない、たまが……精子が当たらないという……今じゃ信じられない根拠の全くない俗説からだよ」

誰が始めたことなのか全くわからないが、騎士団の中だけで昔から続いている儀式なのだという。

「それが、『一夜の花嫁』なのですか。けど、それでは……！」

この国の貴族同士の婚姻で大切なことは、二つ。

生家の爵位と経済力。

そして女性は、処女であることが強く望まれる。

「花嫁は、その女性は、婚姻相手以外に純潔を捧げたら、自身は結婚が望めなくなるのでは……？」

『処女』であるかどうかは婚姻を結び、夫婦でベッドを共にするまで確かめようがないが、隠して輿入れするのは気持ちの良いものではない。

夫と離縁や生き別れなどで未亡人になってしまった貴族の女性は、その後の人生を独身で通すか、同じ貴族男性の愛人になるか、稀《まれ》に後妻に入る。

「……国が関わる以上、その花嫁が生涯独身でも生きていけるよう、報酬を用意し働き口も斡旋している。この城にも、過去に花嫁になってくれた女性が今も働いているよ」

城なら女性でも、歳を重ねても見合った仕事がいくつもある。身元のしっかりとした貴族の女性なら、侍女や乳母、学の心得があれば家庭教師にもなれるだろう。

この城にもかつての花嫁がいるのなら、どこかで見かけたり、もしかしたら談笑の一つでもしているかもしれないと思いを馳《は》せた。

しかし……。どうしてユベールは、自分にこんな話をするのだろう。

そう思った瞬間、バラバラに散らばっていたパズルのピースが突然ぱちぱちと頭の中ではまりだした。

「一夜の花嫁は、女性の人生における結婚という一つの道を強制的に終わらせてしまうものだ。だから前回で……現団長の強い望みでこの儀式は廃止になった」

「では……なぜ、今この話を？」

「状況が変わった。何かきっかけ一つあれば、すぐにシーラ国との戦争が始まる。決して負けるわけにはいかないと、大人しくしていた元老院の爺《じい》さまたちが神頼み……、いや、女神や花嫁頼りをするために相当の金を積んできた」

一度は消えた一夜の花嫁という儀式を、藁《わら》にも縋《すが》る思いで大金を積み復活させようとしている。

口止め料ももちろん含まれているのだろうが、何より、国境の状況はそこまで切迫しているのかとリジーは愕然《がくぜん》とした。

一度はなくした儀式……言い伝えに頼らなければならない状況に酷く驚く。

そして、今自分がこの話をされた理由がふっとわかった気がした。

生家が貧乏男爵家ゆえに、結婚の望みは薄い。しかし、アリア付きの侍女なら、アリアが輿入れした先にもついていける。そのままその家、あるいは国で今と同じような生活を送れるだろう。

用意されるという大金があれば、生家のことで心配をすることも少なくなる。

新団長はシリルに決まった。

ユベールがリジーに声を掛けたのは、ユベールなりの情けや優しさからリジーが花嫁役に適任だと感じたからかもしれない。

（……きっと殿下は私に、一番に声を掛けてくださったんだわ）

ここで自分が断り、他の女性が花嫁としてシリルに抱かれるのは、この話を知ったあとではとても耐えられない。

擦っても消えない真っ黒なシミに似た、どんよりした気持ちが心にじわりじわりと広がって、自分にも存外に嫉妬《しっと》深い部分があるのだと初めて知った。

物心ついた時から我慢が当たり前で、わがままも言わず微笑めば父も皆もほっとした顔をしていた。

それが愛、家族、協力なのだと、貧しくても平和に暮らせる根幹になるものだと自分に言い聞かせてきた。

自分の欲しいもの――。

本当はいくつもあったけれど、それらはすべて夜空に浮かぶ、見るだけで決して摑《つか》めない星に似ていた。

ここで承知しましたと頷けば、シリルの一夜の花嫁は自分だ。

一夜だけでもいい、あの菫色の瞳をもっと近くで見つめてみたい。

濡羽色に艶めく髪はお日様の匂いがするのかしら。

見つめていただけの、あの大きな手に……そっと自分から触れてみても許される？

何よりも、シリルには無事で戻ってきて欲しい。無力な自分の純潔で加護が……得られるのであれば、喜んで差し出したいと思う。

（たとえそれが迷信だとしても、あの人のためなら私も藁にも女神にでも縋ろう）

細く息を吐いて、呼吸を整える。

勇気がとてもいったが、リジーはシリルの顔を思い浮かべて自分を奮い立たせた。

「私は……シリル・キュリー様の、一夜の花嫁になれますか？」

しっかりとした声に、ユベールは穏やかに笑みを浮かべて頷いた。

「騎士団長の交代式は、二週間後になるよ。その間に気持ちを整えておいて。新団長には、当日まで花嫁が誰なのかは知らせない習わしだから」

リジーは息を吞み、静かにこくりと頷いた。

二週間後のその夜に、リジーはシリルに抱かれることになった。


リジーはユベールに、父親にだけは今回のことを隠さずに伝えたいと話をした。

娘から突然、出どころのわからない大金を送られてきたら心配させてしまう。

確かにその通りだと、ドット男爵が公言しないと約束できるなら、と了承してくれた。

その夜、同室の侍女が寝息を立て始めたのを確認して、手紙を書くためにペンを取った。

『一夜の花嫁』という儀式の花嫁役に選ばれたこと。

自分はその新団長になる、ずっと想っていた人の役に立ちたいこと。今後結婚を望めない代わりに、国がお金と永続的な就職を約束してくれたことを綴《つづ》る。

そして、これから先の人生が他の令嬢たちとは違ってしまっても、好きな人のためなら後悔はひと欠けらもない。もう、これから誰にも嫁ぐつもりはない。だから、どうか私の一生に一度のわがままを許して欲しい、と。

そしてすべてのことは、決して公言などしないよう念を押し、ペンを置いた。

翌朝には手紙を出し、いつも通りに仕事に励む。バルコニーでの楽しいお茶の時間はなくなり、城内でシリルの姿を見ることもぐんと減った。

あんなに騒がしく黄色い声を上げ、見物に来ていた令嬢たちの姿も一切見かけない。

暗く恐ろしい戦争の足音がすぐ後ろで聞こえるようで、そういった噂にも敏感になっていった。


手紙を出して十日ほど経った。田舎でも、一週間もあれば手紙は届いているはずだ。

あの手紙を受け取った父は、どんなことを思っているだろうかと考えてしまう。花嫁役を辞める気はない。だが、娘が好いた男のために結婚を決定的に諦めたという事実を、父はどう受け止めるのだろう。

祖父から爵位を受け継いだ父だが、男爵らしい威厳などは一切ない。年は四十代半ば、細身でいつもニコニコと柔和な表情を浮かべている。狩場の管理の他に、領民と一緒に日々小麦畑を耕し、空《あ》いた時間には植物の観察や独自の研究をしている。

日に焼けて浅黒い肌で、博学。もっと領地が城の近くであったなら、文官として働けただろうと言われる学者肌だ。

実際に城の医務局に薬草を届けることもあり、知り合いも多い。

リジーは父が大好きだ。だから、リジーが十二歳になった時、新しい母を迎えることになっても喜んでみせた。

幸いにも新しい母、ニコラは気立てがとても良かった。

ニコラの生家は辺境に近い場所に領地を持つ同じ男爵家だが、病弱な両親の面倒を見ているうちに二十歳半ばを過ぎ、婚期を逃してしまった。

両親が揃って天に召されたあと。弟が嫁を迎え爵位を継ぐことになり、ニコラの居場所がとうとうなくなってしまった。

修道院へ行こうとニコラは考えていたが、それでは弟の面子《めんつ》が立たないと言って、親族が探してきたのが父娘だけで暮らすドット男爵だった。

ドット家では後妻を探していたわけではなかったが、ニコラの身の上話に父は深く同情し、『彼女がうちでも良いと言ってくれるのなら』と受け入れた。

ニコラがドット家に初めて来た日のことを、リジーは今でも覚えている。

慈愛を浮かべた父の眼差し、リジーに気を使い優しい声で自己紹介をしてくれたニコラ。

父とは対称的に大柄で健康そうで、薄く浮いたそばかすがとても可愛らしかった。

海の底のように静かな父との二人きりの生活が終わるのだと、寂しさが青い小麦の草の匂いと共に、胸の中をひとすじ吹き抜けていった。

三人になった清貧な生活にもニコラは文句一つ言わず、リジーに刺繍《ししゅう》や料理を進んで教えてくれた。

明るくて働き者、何よりも感動したのは、リジーの亡くなった産みの母親をとても大切にしてくれたことだ。

残された肖像画を飾り、しまいっぱなしになっていた形見のドレスを丁寧に手入れしてくれた。

そんなニコラの心遣いにリジーは心を開き、次第に姉妹のように仲良くなっていった。

（お父様は、もしかしたらこの話をニコラにも伝えたかしら……。きっと心配して、手紙

の返事をすぐに出すようにとお父様をせっついているかもしれない）

どこかのんびりとした父親と、そこをしっかりと補ってくれるニコラ。今では二人は評判のおしどり夫婦だ。

交代で取る昼の休憩時間に、筆を取る父の姿をパンを口に運びながら想像していると、食堂に早足で入ってきた侍女長に声を掛けられた。

「リジー。いま貴女のお父様が急な用事があるとのことで、いらっしゃっているわ」

思わぬ展開にパンを喉に詰まらせそうになりむせると、隣に座っていた侍女仲間が慌ててミルクを差し出してくれた。

それを受け取り一気に飲み干して、ふうっと大きく息をつく。

「……そ、それは本当ですかっ？」

「談話室にお通ししようとしたのだけど、中庭でいいからって。何だかご家族の具合が悪いとかで、良い薬を王都に買いに来たそうよ。貴女にも伝えたいことがあるって」

健康だけが財産のドット家で、誰かが具合を悪くするのは相当珍しい。しかも、薬草の心得がある父が、わざわざ王都まで薬を求めにやってくるほどだなんて。

「ありがとうございます、すぐに中庭に行ってきます」

「午後の仕事はわたくしが代行するので、貴女はお父様としっかりお話ししてきなさい。それと……」

侍女長はハンカチを手にすると、リジーの口の周りを優しく拭った。

「白いおひげを生やしたままじゃ、お父様が驚かれるわ」

「あ、ありがとうございます」

普段は冗談など言わない侍女長の気遣いに感謝し、食器を片付けてリジーは中庭へと急いだ。

この城の広い中庭は、城内に入った人間なら誰でも見学できるようになっている。

午前中は何人もの庭師が中庭で仕事をしているが、日がてっぺんに来る頃には休憩になる。それから温室の仕事に行ってしまうので、午後は見回り兵がいるだけになる。

中庭の一角で庭師たちが珍しい植物や薬草なども育てているので、リジーの父は諸用で城に上がるたびにこの中庭に来ている。

いつもとても楽しそうに植物を観察している父が、今どんな気持ちでいるのだろう。

病で苦しんだ産みの母の姿が頭にちらつき、リジーは少しだけ泣きそうになった。

中庭には石畳の遊歩道があり、それに沿ってたくさんの樹木が植えられている。

合歓《ねむ》の木、馬酔木《あせび》、雪柳。どの季節でもいずれかの花が咲くようになっているようだ。

今は雪柳の伸びた枝に、真っ白な小花がひしめき合って咲いている。

チラチラとこぼれる白い花びらは、まるで春先に風に舞う雪のように見えた。

中央には川からここまで水を引いた小川を模したものもあり、アリアから幼い頃にはここで川遊びをしたと聞いたことがある。

石畳の小道をずんずんと進み、リジーを待つ父を探した。

そんな中、男性たちの話し声が聞こえてきた。

きっとそこに父がいて、見回りの兵士と世間話でもしているのだろうと、そちらへ急いで足を進める。

背丈ほどの、綺麗に刈り込まれた生垣の向こう。断片的に聞こえてくる植物に関する会話と声に、ひとりは父だと確信した。

「お父様、お待たせしました……あっ！」

思わず、その場で飛び上がりそうになるほど驚いてしまった。

久しぶりに顔を見た父の隣には、シリルがいたからだ。

リジーはさっき侍女長に拭いてもらった口元を指先で咄嗟にもう一度拭ったが、ここへ向かう間に髪が少し乱れてしまったかもしれないと焦った。

（ああ、身だしなみを整えないまま食堂を飛び出したから、恥ずかしい）

「……キュリー様、突然お声を掛けてしまい失礼いたしました」

頭を下げて縮こまってしまったリジーに、シリルはすぐに声を掛けた。

「頭を上げてください。ドット男爵が貴女と待ち合わせされているところに、先に声を掛けたのは俺ですから」

そろりと目線を上げると、シリルはほっとしたように目を細めた。

うるさいほど鳴りだす心臓が、リジーの心を混乱させる。こんなにも近くで、対面でシリルと話をするのは初めてだったからだ。

自分の顔が、火を噴くほど熱くなっている。このまま声を発したら、不自然に震えてしまうだろう。

おそらく乱れているだろう髪は見られてしまったけれど、もうこれ以上変なところをシリルに晒《さら》したくはない。

なのに、シリルはリジーを見つめたままだ。まるで観察、あるいは洞察力でリジーの本質を見抜かんとばかりに……じいっと。

（だめだ、耐えられないわ、心臓を吐き出しそう！）

きゅうっと拳を小さく握ると、父がすかさずシリルに話し掛けた。

「キュリー様、先ほどの話ですが……こちらに簡単ですがまとめておきました」

リジーの父が声を掛けたことで、やっとリジーからシリルの視線が外れた。

腰が抜けるかと思うくらいほっとして脱力したが、かろうじて体面を保っていた。

あんなにも、菫色の瞳で自分を見てもらいたいと思っていたのに。

あれは、シリルの視線がこんなにも恋心を刺激する力があるものだと知らなかったから願えたのだと、身をもって実感できた。

（シリル様を好きになると、こんなにも身体のあちこちが大騒ぎになっちゃうんだ）

誰にも聞かれぬよう、ほうっと熱い息を吐いた。

父はいつも持ち歩く小さなスケッチブックの一枚を破り、シリルに手渡した。

シリルはその紙を黙読する。

「……春から秋までは、自然に生えている草で大丈夫なんですね。すごい、ほぼ何の草でも食べられるのか。ああ、でも……」

「ええ、雑草が生えない冬は一気に食糧が不足すると思います。木の葉や枝も食べますが、そんなに量はないでしょう。機動力が落ちないよう補ってあげられるように飼い葉を近隣に貯蓄するか、軍馬自体を交代制にしてやれれば……」

二人の会話で、これから戦場へ連れていく軍馬の食糧事情について話をしているのがわかった。

「ドット様、お話を聞かせて頂きありがとうございました。普段の世話は厩舎《きゅうしゃ》の人間に任せているので、長期的に自然に近い環境へ馬を連れ出した時の対応を聞けて、勉強になりました」

シリルが父に丁寧にお礼を伝える。

キュリー家は伯爵家で、男爵よりもずっと爵位は上だ。なのに、年上を敬う姿勢にリジーは改めて彼に好意を寄せた。

「では、失礼……お父上との時間を俺も頂いてしまって申し訳なかった」

去り際に、ただ頷くことしかできないリジーに声を掛け、シリルは颯爽と歩いていった。

その背中が樹木の向こうに消えてから、ようやく詰めていた息を思い切り吐いた。

「き、緊張した……」

「彼、威張るところがなくて、いい青年だね。スケッチをしていたら僕が植物を好きだってわかったみたいで、野生の馬は普段はどんな植物を食べているか知っていますかって聞かれたんだ」

これを描いていたら、と描きかけのスケッチを見せてくれた。

父は普段から小さなスケッチブックを持ち歩き、気になるものを絵や文で丁寧に書き留めている。

「これは沈丁花《じんちょうげ》ね……って、忘れるところだった！　どうしたの、誰の具合が悪いの⁉」

ここに急いできた本来の目的を思い出して、リジーは慌てて父に問うた。

父は当たりを慎重に見回して、近くに誰もいないことを確認した。

「……大丈夫、皆しっかり健康にしているよ」

「だって、わざわざ王都まで薬を買いに来たって侍女長が……」

「リジーに会いに来たんだ。手紙を読んで、返事を出すより自分で行って顔が見たくて」

手紙は一昨日の夕方に届いた。父はそれに目を通すと、いてもたってもいられなくなったのだ。

　口止めしてはあったが、とても落ち着かない様子ですぐに何かあったのかとニコラに気づかれてしまった。

「ごめん、ニコラにも話をしたよ。そうしたら、昨日の夜に早馬を一頭借りてきてくれてね」

「お父様、乗馬は苦手なのに！」

「苦手だけどさ。どうしてもリジーの顔を見たかったんだ。家族の具合が悪いと言えば、少しの時間ならリジーに会えるかもしれないと思って、必死で門兵の前で演技したよ」

　父は普段から、嘘をつく人間ではない。いつだって真面目で、前向きで、善を人の形にしたような人物だ。

　だから、自分に会うために慣れない馬に乗って王都までやってきて、門兵の前でそれらしく家族の急病を訴える演技をしてくれたなんて……。

「お父様……」

　どれだけ緊張したか、人を騙す行為に罪悪感を抱えたか……。それを想像して、リジーの胸は潰れてしまいそうになった。

「……さっき、久しぶりにリジーの昔からの癖を見た。緊張すると、ぎゅうっと拳を作るね」

先ほどのシリルとのやり取りを見ていた父は、リジーが緊張で拳を作るのを見ていたらしい。

「……あの方が……、あの方が新しい騎士団長になられる方です」

そう言葉にするのが精一杯だった。

父は、子供でもあやすようにリジーの頭を数度撫《な》でて、静かに抱き寄せた。

「うん、彼と話をしていて、もしかしたらって思ったよ。まだ春だけど、彼は冬の国境での兵士と馬の越し方を考えているみたいだった」

「もうすぐ、もうすぐ戦争が始まります……。そうしたら、シリル様は前線に……っ」

わあっと泣きだしたいのを、唇を噛んで耐える。

「とても礼儀正しく聡明そうだった。きっと何年掛かっても、彼なら帰ってきてくれる」

震えだした背中を、父はゆっくりと撫でてくれた。

「今日、リジーが心を寄せる人に会えて、少しの時間だったけれど、その人となりを知れて良かった」

「……はい」

「リジーは、良い人を好きになったんだね」

「……うん、本当に、素敵な人なの」

リジーの背中を撫でながら、父は「そうか」と何度も噛み締めるように答えた。

「……うちが貧乏で、僕が不甲斐ないばっかりに、リジーにはずっと苦労を掛けてばかりだ。今回のことも、本当にすまない……」

「いいの……、そんなこと。謝らないで。私、このお役目を貰えて嬉しいの。キュリー様のお役に立ちたいのよ。それに、今までキュリー様とまともに会話したこともなかったんだから」

さっきが初めてのまともな会話だったのよ、まだドキドキしている。そう言って、肩を落とす父を励ますように今度は微笑んだ。

父はそんなリジーの気遣いに、滲みだした涙を拭った。

「家族は皆、いつだってリジーの幸せを願っているよ。何があっても、僕たちはリジーの一番の味方だよ」

「ありがとう。お父様の娘に生まれて、良かった」

リジーは額を父の肩に押しつけ、久しぶりに子供に戻ったように甘えた。


ついに、儀式が行われる日がやってきた。

いつも通りに仕事をこなしてはいるが、心の中は緊張と不安でいっぱいになっていた。

やたらと時間が経つのが遅く感じる。それに、集中もできないでいた。

こんなことではいけないと、昼食を早めに済ませて中庭で気持ちの切り替えをしようとしたら、シリルにばったりと会ってしまった。

「……あっ」

目が合ったシリルは、ほんのりと顔を赤らめた。そして、何か言おうとしている。

（……赤くなってる？　今夜の儀式の相手が私だって、今日とうとう聞かされたのかもしれない……！）

しきたりで、新団長は儀式の当日まで花嫁が誰なのかは知らされないと、ユベールから聞いている。

途端に居た堪れなくなってしまったが、走りだして逃げたら今夜かなり気まずくなってしまう。リジーは全速力で駆け出したい気持ちを必死に堪《こら》えた。

恥ずかしい、自分が花嫁だと知って、シリルはがっかりしなかっただろうか。

額や首筋から緊張の汗が滲む。

シリルが一歩ずつ近づいてくるが、その様子がいつもとは若干違っていた。

リジーを怖がらせないようにしているのか、いつもは固く結ばれた口元がほんの少し笑みを作っている。

ぎこちなさもあるが、リジーにはそれが優しさだと感じた。相当貴重なシリルの微笑みだ。目に焼きつけなければもったいない。

緊張の面持ちながら、じっと見つめてくるリジーの視線に、シリルはたじろぎながらも声を発した。

「こんにちは……、この間はお父上と話をさせてくれてありがとう。おかげで勉強になった」

「あっ、あの、お役に立てたなら光栄です」

微笑んでくれたのが嬉しくて、リジーもニコッと笑ってみせた。

しばし二人の間には沈黙が降りたが、決して嫌な空気ではなかった。

ふっと、シリルの目元が緩む。

そうして次の言葉をシリルが発しようとした時、遠くから誰かがリジーを呼ぶのが聞こえてきた。

二人だけに思われた世界から、一気に現実に引き戻された。

「あ、きっと同じ侍女の子です。行かなくちゃ……っ」

名残り惜しいが頭を下げて立ち去ろうとすると、「待って」と引き留められた。

「……今夜、もっとゆっくり話ができるのを楽しみにしています」

シリルは声を振り絞って、リジーに伝えた。

途端にリジーの顔が真っ赤になってしまったのを見て、シリルも頬を赤らめて蕩けるような笑みを浮かべた。

（うう、心臓が飛び跳ねてどこかへ行ってしまいそう！）

「……はい、私もです」

そう答えるのが精一杯で、その後どうシリルと別れたのかも覚えていない。


その晩――。

アリアの寝支度を終わらせてリジーの一日の仕事は終わった。

いつもなら自分の部屋へ帰って休むのだが、今夜は城の来賓用のひと部屋に向かうように言われている。

リジーは今夜、大切な式典で着用する王族の正装の補修の手伝いに、急遽入ることになった、ということになっている。

同室の侍女には大変だねと同情されたが、リジーは曖昧に笑って誤魔化した。

『君の支度を手伝うために女性が数人いるけれど、皆口が堅い上に面識のない人ばかりだから心配しないでね』

ユベールからそう聞かされているが、それでも誰かに世話をされるのには慣れていない。

（人にするのと、自分がされるのは違うのね。逆に気を使ってしまいそうだわ）

人払いがされた来賓用の部屋が集まる一角は、しんと静まり返っていた。

今夜、ここを使うのはシリルとリジーだけだと聞いている。

一番奥の部屋の前に着くと、リジーはドアの前で深呼吸を静かに繰り返す。

意を決してノックをすると、中から年齢層のバラバラな身知らぬ女性たちに迎えられた。

侍女の制服を身につけてはいるけれど、そのどの顔にもさっぱり見覚えはない。

城で働く人たちではないのかもしれないと、直感でそう思った。

「不安や不審に思うかもしれませんが、どうか私たちにお支度を任せてください」

顔に出てしまっていたのかと、失礼をしてしまったと焦ったが、頼りになる言葉を貰えて、リジーは「お願いします」と頭を下げた。

そこからは、まるで自分が一国のお姫様にでもなったような夢心地な時間を過ごした。

たっぷりと湯を張った猫足のバスタブに入れられ、二人掛かりで身体の隅々まで磨かれる。

湯上がりにはほんのりと花の良い香りのする香油を、指先、足のつま先までしっかりと全身に塗り込んでもらえた。

髪も丁寧に、一本一本までも艶やかになるよう洗い、乾かして丁寧にブラッシングで整えられる。

その間にも「綺麗」だと何度も言ってもらえて、リジーはこの支度はきっと、本当に結婚する時の花嫁の支度と同じなのだと気づいた。

一夜だけの儀式だとしても、花嫁には変わりない。

今後、自分にはこんな機会は二度とないのだと、リジーはこの時間に感謝し、大切に思った。

真新しい絹のナイトドレスは、細やかな刺繍が胸元や裾《すそ》に贅沢に施された素敵な物だ。

リジーのほのかな桃色の肌の上をするすると滑って、気持ちいい。

鏡に映る自分は、いつもよりもずっと綺麗になったように見えた。

「……こんな経験をさせてもらえて良かったです。一生の思い出になりました」

お礼を伝えると、女性たちは黙って頷き合っていた。

その中のひとりから、ガラスの小瓶を渡された。

「これは？」

「避妊薬です。慣れない味だと思うけど、頑張って飲み干して。嘘か本当かわからないけれど、ずっと昔に子供ができてしまった花嫁がいたという話があって……」

女性は、言い淀んでいる。

「……その方は、どうなったのですか」

「お産の前に、行方がわからなくなったようです。自分から逃げたのか、誰かに連れ去られたのか……。花嫁役をお勧めしたことと因果関係はわかりませんが……とにかく、必ず全部飲み干してください」

これを飲まないと、妊娠してしまうのか。

もし妊娠してしまったら……。

そう考えた途端に、これから始まる儀式が一気に現実味を帯びてきた。

そろりと小瓶の蓋を開ける。鼻を近づけると、人工的な甘い匂いがした。

飲めないような匂いではない。

(全部、飲まなくちゃ)

くいっと思い切ってあおると、何とも形容しがたい味がした。

けほっ、と咳き込むと、すぐに女性が背中をさすってくれた。

「頑張りましたね。見て、あの白いドアは……貴女の花婿が待つ部屋に続いています。もう花婿はいらしているから」

指差された方向に視線を移すと、そこには確かに白いドアがあった。

(……あのドアの向こうに、キュリー様が待っている)

リジーはそのドアに誘われるように、歩み寄った。

ドアの向こうは、当たり前だが隣の部屋に続いていた。

調度品が並ぶ白を基調とした部屋で、奥には大きなベッドがあった。

薄明かりの中、シリルが腰掛けていた。

絹のガウンを着て、様子からして湯浴みを済ませたあとのようだった。

微かに濡れた黒髪が、シリルの色気を引き出している。

リジーは思わず息を呑む。口の中には、まだあの避妊薬の慣れない味が残っている。

シリルはリジーに気づき慌てたように立ち上がり、少年のように視線を泳がせている。

「すみません、おまたせしました……」

これからのことを意識してしまい、ナイトドレスの胸元をぎゅっと握って隠してしまった。

「いや、大丈夫。いいんだ」

気恥ずかしさが伝わったのか、シリルもリジーから目をそらした。

「こっちに座って。俺は椅子を持ってくるから」

「えっ？」

そう言って、リジーにはベッドに腰掛けるように勧めた。

シリルは部屋の端にあった、簡易椅子をひょいと持ち上げてやってきた。

勧められては、断れない。

見ただけで上等だとわかるベッドは、腰掛けるとしっかりと弾力があった。

簡易椅子をベッドから少し離したところに置いて、シリルはそこに座った。

しばらく沈黙が続き、お互いに少し動くたびに意識してしまう。

そんな中で、シリルが口を開いた。

「このまま少し、話をしたいのだけど……どうだろう?」

昼間、シリルは話をするのを楽しみにしていると言ってくれた。

リジーも自分の知らないシリルの話を聞きたい。

「はい、喜んで。私の名前は、リジー・ドットと申します」

名前を知らないだろうと思い、自己紹介をすると、シリルは「知っています」とぽつりと答えた。

「私の名前を、ですか?」

「うん。アリア様の隣にいる君がいつも気になっていて……以前、殿下に教えて頂いたんだ」

心を寄せた人が、自分の名前を知っていた。

嬉しくて叫び出しそうだったが、必死で堪えた。それでも、じわじわと湧き上がる幸福感に頬が緩む。

「あ、ありがとうございます。私も、キュリー様のお名前を知っています」

「本当か、なら、名前で呼んではくれないか」

身を乗り出し気味に言われて、つられて頷きそうになるのを堪えた。

「あの、それは失礼になってしまうのでは……」

「俺が君に……リジーに名前を呼んで欲しいんだ。だめだろうか?」

大きな身体で『だめだろうか？』なんて伺うシリルに、親近感が湧いてしまう。

……誰もいない、この部屋の中だけなら、名前をお呼びしても……。

「シリル様、とお呼びしても……？」

「ふふ、リジーに名前を呼んでもらうと、胸の辺りが温かくなる」

「それは、私も同じです。くすぐったいような、でもまた呼んで欲しくて」

「わかる」と、シリルは何度も頷いた。

二人はぎこちないながらも、色々な話をした。

リジーは家族のこと、シリルは家族や、騎士団の生活の話をしてくれる。

珍事や失敗談も隠さず、リジーがわかりやすいように嚙み砕いて説明してくれた。

生真面目な面ばかりではなく、シリルが持つ優しさや労《いたわ》りの気持ちを更に知ることになった。

これが儀式ではなくて、戦争も起きていなければ……シリルとこんな風に話をすることも叶わなかっただろう。

事実を思い出すと、暗い影がリジーの心の中で色濃く広がった。

「リジー」

名前を呼ばれて、一瞬遠くに行ってしまっていた意識がはっと戻ってきた。

「申し訳ありません……儀式を始めますか？」

結構な時間をおしゃべりに費やしてしまっていた。

緊張はまだしているが、多少はましになった。

「……いや、儀式はやめよう。これはずっと考えていたことなんだ」

目の前が一気に暗くなる。

何か、シリルの気に入らないところが自分にあったのだろうか。

「あ、あの……私じゃいけなかったのでしょうか？」

絞り出した声は震えていた。さっきまでの楽しかった気持ちは、バラバラに砕けて消えてしまった。

さあっと血の気が引く。まだ残る避妊薬の味が気持ち悪くて口元に手を当てる。

(花嫁みたいだなんて、思い上がってしまって恥ずかしい……)

ぎゅうっと目を閉じ、気持ちを落ち着せようと考えていた瞬間だった。

「ごめん、違うんだ……俺の言葉が足りなかった」

青い顔をしたシリルが、リジーの足元まですぐに来て跪《ひざまず》いた。

菫色の瞳が、リジーをじっと心配そうに見ている。

「身も心も美しいリジーが、俺のために純潔を失う必要はない……女性にとって大切なものを、戦争のために捧げることなんてしなくていい」

そう言うシリルに、リジーは返した。

「わ、私は、シリル様のために……覚悟を決めてきました。女の私では、戦場で直接貴方を守れない……」

だから、どうか私を抱いて、無事に帰ってこられるよう加護を受けてください。

お願い、と。

涙声になりながらも最後まで言い切ったリジーの手を、シリルは握る。

「……あっ」

「そんな健気な覚悟を聞かされては……、俺の心は揺らいでしまう」

凛々しい眉が下がって、シリルの心の葛藤がリジーにも手に取るようにわかってしまう。

「お優しいのですね。私は……先に相手はシリル様だと聞かされていました。花嫁役は強制ではなく、断る選択肢もあったんです。でも……」

「……でも？」

先を聞きたがるシリルの、不安と期待が入り混じる瞳が揺れる。

ふうっとリジーが息を整えると、絹のナイトドレスの上を金糸のような髪がさらりと滑った。

「私は、他の方を……シリル様が私以外の女性を抱くのが……嫌だったんです」

嫉妬、独占欲。自分が花嫁役を断ったら、そう考えた時に心に湧いてきたのはこの感情だった。

決して美しくはないけれど、それはリジーの中で大きな原動力になる感情だった。

シリルが他の女性を抱くのは嫌だった――。

そう聞いたシリルの胸中は、その生々しい感情の熱に当てられていた。

握っている華奢な手、自分の発言に今更照れたように戸惑うリジーの表情も、シリルの迷う背中を押すのには十分すぎた。

「……本当に、いいのですか？　俺がリジーを抱いても」

欲を微かに孕《はら》んだ目で見られ、少なくとも嫌われてはいないのだとリジーは安堵する。

「私で良かったら、抱いてください……」

「……っ、俺の初めても、リジーに捧げる。大切に抱くから」

『初めて』と聞いて驚く間もなく、大きなベッドの中央へ運ばれてしまった。

金色の髪がシーツに広がる扇情的な光景に、シリルは思わず息を呑んだ。

「がっかりされてしまうかもしれないが、俺は誰かに口付けるのも初めてなんだ」

「……私も初めてです。お互いに手探りなんて、シリル様とならば心強いです」

完璧な容姿に、性格も申し分ないのに、女性を抱くのは初めてだとシリルは言った。

格好つけずに素直に言ってくれるシリルを、更に愛おしいと感じていた。

シリルの顔がゆっくりと近づいてきて、リジーは静かに目を閉じた。

次の瞬間には、唇に柔らかな感触が落ちてきて胸がいっぱいになり、涙が出そうになる。

ちゅ、ちゅ、と軽く重ねられ、時々食《は》まれる。

口付けだけで、リジーの唇からは甘い声が小さく漏れだす。

「……っ、あ……っ」

薄く開いた唇の隙間を舐《な》められて、身じろぎをしてしまう。

体重を掛けないよう、気を使ってくれているシリルから吐息が漏れる。

「はぁ……苦しくないか……？　俺は身体が大きいから、重くて潰れてしまうと思ったら、殴って教えて」

「な、殴って、ですか？」

「うん。俺は今、完全にリジーに夢中になっている。嫌だと言われない限り、君の全身に……すべてに俺のしるしを付けたいくらい執着しそうだ」

殴るくらいじゃないと、気づかないから。

そう言って、再びリジーに口付けた。

優しい手付きや唇、舌でシリルは本当にリジーのすべてを舐めて味わおうとしている。

首筋に口付けられて、リジーはぞくりとした快感に背中をそらした。

その反応を見て、シリルは執拗《しつよう》に首筋に舌を這《は》わす。

「くび、だめっ……あ、あ、やっ」

「細くて、それに、いい匂いがする」

甘噛みをされると、逃しようのないくすぐったいような快感が頭を蕩かしていく。

「はうっ……んんっ！」

思わずシリルの身につけていたガウンを握ると、「待って」と手を外された。

「俺に直接すがって……」

シリルはガウンを一気に脱ぎ、ベッドの下へ放った。その少し乱暴な仕草が、シリルの中の雄を感じさせる。

仕切り直しとばかりに、また深い口付けを受ける。

リジーが小さな快感さえも拾い、身をよじるたびに、シリルはその大きな手で髪や頬を優しく撫でる。

緊張して身体を固くしていたリジーも、次第に素直に愛撫に応えるようになっていく。

前リボンで留められたナイトドレスの胸元を、そろりとシリルが撫でた。

心臓は爆発しそうなほど激しく鼓動を打っている。

「前を、ほどいてもいい……？」

シリルの目は、獲物を目の前にした大型の肉食獣のそれに似ている。

彼のそんな目は、今まで一度も見たことはない。リジーだけに向けられた、特別な瞳だ。

「はい……」

そう答えると、するりと一番上のリボンからほどかれていく。

興奮したシリルの息遣いは、リジーの下腹部をぎゅっと反応させた。

へその辺りまで、リボンは丁寧にほどかれた。すでに下着は見えてしまっている。

プレゼントの包みを大切に開けるように、ナイトドレスは開かれた。

薄明かりの中でも、ぽうっと白く浮き出るように光ってみえるリジーの身体。

ふわりと甘い香りが立つような豊満な乳房。お腹はつるりとしていて、へそが綺麗だ。

乱れた髪で、シリルを見つめるリジーの赤い顔は、抱き潰してしまいたくなるほど暴力的な魅力に溢《あふ》れていた。

「……リジーが魅力的すぎて、ああ……俺は自分を理性的だと思っていたけど、自信がなくなってきた」

惚《ほう》けたような熱い言葉は、リジーの胸に響いた。

「シリル様の好きにして欲しいです……痛くしても構わないから、思い切り抱かれたい」

遠慮なんてしなくていい、そうリジーの心は言っている。

「嫌な時は本気で殴って……髪を引きちぎってもいいから……」

また首筋を甘嚙みされたと思ったら、熱い手が乳房を包み込んだ。

「あぁ……っ！」

乳房がシリルの手のひらの中で、柔らかく形を変えていく。

円を描くように、押し上げるように。たまに強弱をつけられて、そのたびに乳房はシリ

ルの熱と快感を拾っていく。

指が頂きを掠《かす》めるたびに、ぴりぴりと痛いほど尖って主張していく。

「は、……あぁっ」

「柔らかくて……ずっと触っていたい」

胸を掬《すく》い上げ、つんと尖った乳首を、シリルは舌でペロリと舐めた。

「んんーっ！　……は、あんっ！」

背中に快楽がびりびりと走り抜ける。

思わず腕をシリルの頭に回し、かき抱くかたちになってしまい、じゅうっと吸われてしまった。

「あっ……はあっ……やぁッ」

シリルは夢中で乳房に吸いついた。リジーが嬌声を上げれば乳首を甘噛みし、優しい力で揉《も》みしだき、また口に含む。

「どこもかしこも、すべすべで……柔らかくて……こんなに感じやすいなんて」

「あんっ……わたし、変ですか……っ？」

「最高だ……、リジーの前では、俺はただの男になってしまう」

身体から汗が噴き出す頃、シリルはお腹やへそを舐め始めた。

残ったナイトドレスのリボンをすべて外されると、リジーは下着一枚の姿になった。

するすると脱がされる途中、あまりの羞恥心に足を閉じようとしたが、シリルが間に入って阻止されてしまった。

シリルの前で足を開いた格好に、リジーは自分の目を覆いたくなってしまった。

「や、いや、あまり見ないでっ」

薄い下着越しに、割れ目をシリルが指でなぞる。

「……良かった、濡れてる……」

そう呟くと、迷いなく下着をリジーから脱がせてしまった。

蜜でしとどに濡れた花弁を優しく押し広げられて、リジーは恥ずかしくて気絶するかと思った。

「恥ずかしいので……見ないで……くださいっ」

「ごめん、それはできない……。俺も初めてだから、無茶をしてリジーを傷付けたくないんだ」

太ももの間にシリルは陣取り、リジーの足を大きく開かせたまま、内ももに舌を這わせ始めた。

「や、あんっ……！　おねがい、本当に、見ないでっ」

太ももに力を入れるが、挟まれたシリルは興奮しているようだ。

「すべすべの太ももに挟まれて、リジーの可愛い声が聞けるなんて……たまらない」

シリルは舌を伸ばして、濡れた花弁を丁寧に舐め始めた。

「え、あっ、や……っ、ひっあぁッ！」

生温かい舌が、あられもない場所を舐めている。

しかも相手はシリルで、大好きな人で……。

「はずかしい、こんな、やっ、んんっ！」

「ここも……とても綺麗だ……下生えも薄くて全部見える……ものすごく興奮する」

花芽を覆う皮を、シリルは尖らせた舌でじっくりと剝《む》いていく。

敏感に震える花芽を、温かな舌と唇を使って優しく吸った。舌で包み込み、上下にくちゅくちゅと押し舐める。

まるで甘い蜜でも大切に吸うかのように、唇をつけて離さない。それが震えるほど気持ち良くて、リジーの腰は浮いてしまう。

「くっ、それ、あああ、へんに……へんになっちゃうっ」

シリルがリジーに与えてくれるものを身体いっぱいで享受し、涙が浮かぶ。

そのうちに、きつい蜜壷に何かがそうっと差し込まれて、浅い場所で曲げられた。

それが指だとわかって、全身の体温が更に上がる。

「ゆび、あ、んんっ！」

意識したら、下腹部がまたきゅうっと切なくなった。

「今、中で……指が締めつけられた。ああ、それだけで俺は達してしまいそうになったよ」

じゅうっと花芽を吸われながら、指がすり、と膣壁をさする。

くちゅくちゅと耳に届く淫らな水音がする。シリルの舌からなのか、蜜壷に抜き差しされている指からなのかわからない。

「もう、ぐちゃぐちゃになっちゃう……っ」

「……ああ、白百合のような君が、乱れている……夢みたいだ」

「やっ、そこで、しゃべっちゃ……だめっ」

「敏感になっているんだね……、ずっと味わっていたいよ」

唾液をたっぷりと載せた厚い舌が、ぴんと桃色に腫れた花芽を舐め上げる。

上下にねっとりと、たまにちゅうっと吸い上げて、リジーの身体は快楽の階段を上がり始めた。

「な、なんか、あぁッ……へんですっ」

ぴんと伸ばした足が、小刻みに震え始める。

「あっ……あぁッ……なに、んっ、んっ！」

快楽がぞくぞくっと身体をせり上がってくる。

「あ、ああ、あっ！」

「……このまま、達して。俺だけに見せて……」

達する……？　こんなことはリジーには初めての経験で、わけがわからない。

「うぁっ、なにか、きちゃうぅ……っ」

「俺に身を任せて……そのまま……」

ぐちゅっ、ぴちゃっと、いっそういやらしい水音が耳に届く。

舌はまるで別の生き物のように、優しく執拗に花芽を嬲《なぶ》る。

「……だめ、ああっ……！　なにか、き……ちゃ……ッ！　ああッ！」

すさまじい絶頂の訪れに、リジーの頭は真っ白になった。

背中が浮き上がり、もがいた手はシーツを摑む。

「は、はあっ、んん、はぁッ」

心臓がどくりと脈打ち、呼吸が整わない。

膣道がぎゅうっとシリルの指を締め上げるのを感じていた。

酷く敏感になった花芽は、いまだシリルの舌に愛撫され続けている。

一度絶頂を迎えた身体は、与えられ続ける快楽を更に拾ってしまう。

「……シリ……ル、シリルさま……おねがいします、いったん、とまってぇ！」

リジーにとっては懇願だが、シリルには甘く蕩けた声にしか聞こえない。

シーツを摑んでいた手を離し、リジーはシリルの髪をなるたけ力を入れず摑んで、訴えた。

「お……ねがい……そんなに舐められたら……とけてなくなっちゃいます」

その言い方が可愛らしくて、シリルはちゅっと花芽に口付けてから頭を離した。

抜き差しされていた指も、引き抜かれる。

びくり、とその刺激を拾った身体が小さく跳ねてしまう。

「……ごめん、あまりにも反応が可愛らしくて、夢中になってしまった」

身を起こしたシリルは、リジーの濡れた唇に口付けた。

「リジー……君の中に入りたい。優しくするし、射精は必ず外にする」

興奮を隠さないシリルに、リジーは自身の蜜壺からまたじわりと愛液が滲んだのを感じた。

「……大丈夫です、避妊薬を……飲んだので。そのまま、中に……」

ください、と言葉にすると、シリルはリジーを再び抱き締めた。

「そんなに煽《あお》らないでくれ、これでももう、いっぱいいっぱいなんだ」

耳元で熱っぽく囁かれる。

「先ほどは……あんなに意地悪だったのに？」

まだじんじんと花芽が小刻みに感じている。

「魅力的なんだ……リジーが。仕草も、声も……丸飲みしたくなるほど、君が欲しい」

「……貰ってください、私のこと、全部」

お礼とばかりに、もう何度目かわからない口付けが降ってきた。

軽く足を開かされて、確かめるように指がゆっくりと割れ目を往復する。

そのたびに花弁は震え、リジーは小さく身をよじる。

蜜の滴る場所に、指ではない、何かが押し当てられた。

ぬめりを使って、少しずつ、膣壁を拓き始めた。

指とは全く違う質量に、リジーの背中にはどっと冷や汗が溢れた。

「……っ、いたっ……」

痛みなんて訴えてしまったら、シリルの気分が下がってしまう。

そう考える気持ちとは裏腹に、身体は痛みに集中してしまう。

その時、シリルの動きが止まった。

「やはり、ここまでにしよう……リジーに痛い思いはさせたくない」

胎内に半分ほど収められた肉棒を抜こうと、腰を引くシリルをリジーは止めた。

「……やめないで、おねがいします」

「でも、本当に無理はさせたくないんだ……」

リジーは自分の下腹――シリルが収まっているであろうところに手を当てた。

「だめ、私の……奥まで貰ってください。初めてなので、痛いのは……仕方がないと聞いています」

「でも……」

「……初めての痛みなら、シリル様から貰いたいのです」

消え入りそうな声で「シリル様」と名前を呼んだ。

止まっていた腰がまたぐぐっと押し当てられる。

みっちりと熱い膣壁が、次第に肉棒を誘うように、ふっと緩んでは締め上げる。

またシーツを掴むリジーが健気で、シリルはその身体を抱え込んだ。

肌が密着し、リジーはほっとした。痛みは確かにあるが、心が満たされる感覚がずっと強くなっていた。

逞しい背中に手を回せば、頬に口付けられる。

二人の汗がじっくりと混じり合った頃、ついにシリルの肉棒はすべて収められた。

「……っ、全部、入った……ありがとう」

舌を絡ませ、白い乳房を大きな手で揺らす。

「んあっ、あん……ッ」

びくりと反応するたびに、ぎゅうっと膣壁が肉棒を包む。もどかしい、切ない感覚がじわじわと広がる。

シリルが緩やかな動作で、一度腰を引いたあとに、再び押しつけ。

くちゅ……と音を立てて、下生え同士が触れる。

びりびりっと、腰に快楽が走った。

「は、あぁ……っ！」

「……くっ」

同じ快楽をシリルも感じているのか、何かを堪える表情を見せた。

また、二度、三度と抽挿を繰り返すと、どっと蜜が溢れた。

膣壁は柔らかくなり、腰を引くたびに絡みつく。

「中、柔らかく……なってきた」

抽挿を速めると濡れた肌がぶつかり、ぱちゅっ、ぱちゅっと音を立てた。

「やあっ……あぁ……ッ……あんっ！」

背中がそり、突き出された乳房にシリルがしゃぶりつく。

乳房と下腹部、両方から与えられる快楽と刺激に、泣きだしそうな声で喘《あえ》いでしまう。

「や……っ、んん、ひんっ」

「下半身が溶けそうだ……こんな、気持ちいい」

さっきより強く肉棒を押し込まれて、リジーの足はシーツを蹴った。

情欲で熱と硬さを保った肉棒が、蜜壷へと出入りを繰り返す。

汗だくで抱き合い、口付けを繰り返し、シリルはリジーの柔らかな肉を身体で味わう。

やがて抽挿が速くなり、自然と手を握り合った。

「……もう、出そうだ……っ」

「はい、……っ、あっ、あっ！」

ひと際ぐんっと強く腰が打ち込まれ、おそらく最奥に切っ先が届いた。

そこで、ぐりっと擦りつけられる。

「いっ……あぁッ……や、ああッ！」

どくっ、どくと、肉棒が脈打つ。じわりと、熱い何かが胎内に広がる感覚に、また下腹部がきゅうっと反応した。

ずるり、と肉棒を抜き、シリルが汗をかいた髪をかき上げる。

太ももにぴたんっと当たったそれは、切っ先をぬらぬらと精液で濡らしながら、へそまで届くようにいきり立っている。

「……まだ、……まだ君が足りない」

「え……あっ！」

荒い息を吐きながら、再びリジーの蜜壷にあてがう。

「まだ、この腕の中にいてくれ、俺の花嫁……リジー……」

「あっ！　ああっ、んん……ッ！」

ぬちっ……と音を立てて、再び欲情に熱く貫かれる。

純潔を散らした血と精液、蜜が混じり合う。

強く熱く求められ、リジーはその身を再びシリルに捧げた。


二人の体重をひと晩中受け止めていたベッドで目覚めた時、リジーはひとりきりだった。

小さく呼びかけてみても返事はなく、酷く気だるい身をゆっくりと起こしてみても、シリルの姿はなかった。

「……シリル、様？」

窓辺に掛けられたカーテンの隙間から、青白さが混じり始めた藍色の空が見え、リジーの夢の終わりを告げている。

昨夜あんなにも熱っぽく感じた部屋の空気も、今や春の朝らしく清浄で少しだけ冷たいものに戻っていた。

「行ってしまわれたんだわ……」

ぽつりと力なく呟くと、途端に全身の力が抜ける。

好きだという気持ちも、無事を祈るとも、待っているとも、この口で伝えることができなかった。

くうっと悔しさが喉からせり上がる中、自身の身が清められ、ぎこちないながらも寝巻きを着せられていることに気づいた。

胸元で結ばれた紐の不器用な縦結びを見て、愛おしさに心が押し潰されて涙を流した。


春の朝。まだ夜も明け切らぬうちに、騎士団を率いたシリルが国境へ向かって二ヶ月が経とうとしていた。

戦況はどうやら予想よりも思わしくないと、あちこちで囁かれている。

リジーは一日の始まりと終わりには、シリルの無事を女神に祈っていた。

国境から相当の距離がある王都でも、ここを離れる国民が日々増え続けていた。城の使用人や侍女の中にも、仕事を辞めて去っていく者もちらほらと現れている。

誰も辞める理由などは聞けず、ただ「元気でね」と声を掛けて見送った。

そんな中、予想していた通り、アリア含め王族の数人の女性たち、そしてお付きの侍女はいよいよ友好国へ避難することが決まった。

国境の戦火が王都へ届く前にと一日も早い出発が望まれ、暗く重い空気に包まれながら蜂の巣をつついたように使用人たちは主人たちの支度に追われた。

リジーももちろんアリアから同行を求められたが、すぐに返事をすることができなかった。

少し前から、体調不良が続いていたからだ。

妙に熱っぽく、身体がだるい。やたらと眠気もあり、一度眠ると起きるのに相当の気合いがいる。

ある一つの可能性が浮かんだが、頭を何度も振って追い払った。

（あの夜、儀式の時は渡された避妊薬をしっかりと飲んだもの）

まさか妊娠なんてしているわけがないと、リジーはまだ来ない月のものを待っていた。

しかし、一向にそれは訪れない。早くアリアに返事をしなければいけないのに、身体がつらく心がついていかない。

そうしてとうとう、アリアの朝食の給仕をしている最中に、酷い吐き気を覚えてそのまま倒れてしまった。

目覚めた時には、侍女に与えられた部屋の、自分のベッドの中だった。

「……あれ……？　私……」

薄く開けた瞳に飛び込んできたのは見慣れた白い天井で、さっきまで給仕をしていたのに今ここで寝ている状況が理解できない。

「リジー、大丈夫？」

心配そうに覗き込んできた同じ部屋の侍女の顔をぼんやりと、五秒ほどたっぷり見て思い出した。

温かなスープの匂いを嗅《か》いだ途端、頭のてっぺんから血がさあっと下がり、強烈な吐き気が襲ってきたのを。

しゃがみ込んで、アリアの驚いて上げた声に、大丈夫だと答えようとして……目の前が暗転してしまったのだった。

「……え、あっ！　やだ、給仕の途中で……っ」

慌てて起き上がろうとしたところを止められた。

「だめだよ、今日は休みなさいって侍女長からの伝言。アリア様も大層心配されてたわよ」

肩に手を掛けられて、リジーは再びベッドへ寝かせられた。

「……やっちゃった」

同じ侍女、そして同室の彼女の前ではリジーも肩の力が抜ける。

やってしまったと口にして、深く大きなため息をついた。

「体調はどう？　少しは落ち着いた？　リジーは最近いつも以上に仕事にのめり込んでたもん、どうしたんだろうって思ってたんだよ」

「うん……、ごめん。ありがとう」

騎士団が国境へ向かってから、毎日穏やかな気持ちでいられたことがない。

今頃シリルはどうしているのか、怪我などはしていないかと心配で、胸が張り裂けそうだ。

忘れることはできないぶん、手や頭を動かすことで、常にまとわりつく不安を紛らわせていた。

「もうすぐお昼近いけど、食事は取れそう？」

リジーはあの吐き気を思い出すと、空っぽの胃から何かがせり上がってきた。

「ううん、だめみたい」

小さく首を振って、「もう少し眠ってみる」と言い、目を閉じた。

翌日以降になると、今度は食事のたびに匂いで気分が悪くなってしまっていた。

そうなると、なかなか食事が進まない。それが三日続くとリジーの頬はやつれ始め、皆が更に心配するようになってしまった。

アリアは自分の世話があるとしっかり休めないからと言い、リジーに五日ほどの休みを言い渡した。

侍女仲間たちも、こちらは任せてゆっくりした方が良いと言ってくれる。

今、リジーには切実に確かめたいことがある。

この機会に一度生家に戻り、父とニコラに会おうと決めた。

ドット家の屋敷は、王都からなら朝一に乗り合い馬車に乗れば、休憩を挟んで夕方には到着する距離にある。

この辺り一帯には、小麦畑が広がるのどかな田園風景がひたすら広がっている。

秋に種を蒔《ま》いた小麦は盛夏の時期に収穫されるが、その間に青々と天に伸びる茎葉、実り豊かな黄金の穂が風に吹かれ、遥か向こうまで一斉に揺れる様が美しい。

小麦畑の端にある大きな森は、昔、祖父が元国王を助けた王族所有の狩場だ。

野うさぎが出る程度の森だが、ドット家が王族から管理を任されている。

朝から馬車に乗り続けてヘトヘトになってしまったが、懐かしい景色が目に飛び込んでくれば、疲労も多少は和らいだ。

（草花の匂いをこんなに濃く感じるなんて、やっぱり嗅覚が鋭くなってる……）

馬車の小窓を吹き抜ける爽やかな風を感じながら、硬い椅子に座り続けたせいで痛み始めた腰をさすった。

小麦畑に通る広い一本道を進むと、わずかながら開けてそのうちに人が行き交う目抜き通りに出た。

宿屋や食堂、食料品店や雑貨屋などが集まった、この領地の一番賑わう場所だ。

ドット家は、この目抜き通りからすぐそこの場所にある。

リジーは御者にお礼を言ってから馬車を降り、久しぶりに故郷の地を踏んだ。

ピリピリとした王都の雰囲気とは違い、ここにはまだ暮らしていた頃と同じ穏やかな空気が流れていた。

「あら！　リジーお嬢様じゃない！」

馬車の上からトランクを御者に下ろしてもらっている最中に、通りに水を撒いていた宿屋の女将《おかみ》さんに声を掛けられた。

「お久しぶりです、女将さん」

「相変わらず綺麗……いや、お城に上がってますます美人になっちゃって！」

「あっ、本当だ、リジーお嬢様だ」

次に声を掛けてきたのは、たまたま買い物にでも来ていたのだろう、リジーの生家の近くで暮らす老人だった。

次々に人が集まってくるが、どの顔も見知った者ばかりだ。

母を早くに亡くしたリジーは、この小さな領地の領民たちに家族と同じように大切に見守られてきた。

リジーが王都で城勤めをするために領地を出た日は、早朝にもかかわらず見送りをするためにたくさんの人が集まった。

「男爵様は、もう迎えには来てるの？　姿が見えないようだけど」

「急に数日まとまったお休みをもらえたので、手紙を送るよりそのまま来た方が早くて。

だから今回はお父様には内緒なの」

悪戯《いたずら》っぽく笑うリジーの表情は、昔に戻ったように可憐な少女らしかった。

あらあらと明るい笑いが起き、「荷物を持つよ」と誰かが言って、足元に飛びついてきた宿屋の子供たちも送ってくれることになった。

古いが手入れの行き届いたこじんまりとした屋敷は、祖父が男爵の爵位を貰った翌年に建てられた。

これも元国王からの褒美の一つで、屋敷が建つまで毎日この辺りの領民たちが物珍しそうに見物に訪れたという。

屋敷が完成した時には連日領民が祝いに訪れ、祖父も好きなだけ見ていって欲しいと言って門を終日解放していた。

あれから随分と月日が経ち、今は修繕に追われる古い屋敷だが、今でも誰もが気兼ねなく訪ねてくれるここが大好きだ。

送ってくれた者にお礼を伝えて別れ、リジーは慣れた手付きで鉄門を押し開けて敷地へ入る。

庭いじりに精を出す継母のニコルが育てている、いくつもの薔薇がちょうど満開を迎えていた。

甘く芳醇《ほうじゅん》な香りが、いつもより強く鼻腔《びこう》をくすぐる。

思わずくしゃみをすると、二階の窓が開いて驚いた顔の父とばっちり目が合った。

「あれ？　リジーじゃないか！　大きなくしゃみの主は誰かと思ったら、これは驚いた」

窓の開いた部屋は父の書斎だ。そこから愛娘を見下ろして微笑んでいる。

父娘の間に共有された秘密のせいか、父は笑っているのに、泣きそうな顔にも見える。

「少しまとまったお休みを頂いたの。中に入ってもいい？」

「いいも何も、ここはリジーの家だろう。すぐに下に行くから、入っておいで」

父がパタリと閉めた二階の窓を見ながら玄関へ足を進めると、以前にはなかった小さな花壇ができていた。

耕された土の周りを大小の石で乱雑に囲んであり、その中で何かの植物の芽が均等にぴょこりと双葉を出している。遊びの延長のような、それでいてこだわりも垣間見える絶妙さだ。

「……これは、双子が作った花壇かな？」

足を止めて考えているうちに玄関の扉が開き、わあっと声を上げながら幼い双子の弟たちが飛び出してきた。

「リジーねえちゃんだ！」

三歳になるヨシュアとオリバーが、リジーの膝元に思い切り飛びついていた。

「ねえ、みて！　かだんをつくったんだよ。おかあさまと、ぼくと、オリバーでつくったの」

ほら、と、先ほど見つけた花壇を指差す。

「やっぱり！　素敵な花壇だと思ったの。だから、ヨシュアとオリバーが作ったのかもしれないと思ってたのよ」

そう言うと、幼い双子は照れ臭そうにニコニコとリジーを見上げた。

「リジー、おかえりなさい！」

ニコルも玄関から出てきて、リジーを抱き締めた。その抱擁《ほうよう》の強さに、ニコルもとても心配していたことが伝わってきた。

どうして急に帰ってきたのかと、父もニコルも急《せ》かしては聞いてこなかった。

リジー自身も、自分の生家だから安心できるのか、いつもの具合の悪さも半分になったようだった。

ただ、やはり食事の時はきつい。旅の疲れを理由にして飲み物だけを口にしたあとは、少しだけ横になった。

双子はお風呂でさっぱりすると、まだまだリジーと遊んでいたかったようだが、うとうとし始め、すぐに眠ってしまった。

寝落ちしてしまった双子をひとりずつ父が抱き上げ、子供部屋のベッドまで運ぶ。

ニコルが「温かいココアを入れるから、お茶にしましょう」と声を掛けてくれた。

この辺りは、王都と体感温度が若干違う。春だといっても、夜になれば一気に気温が下がり身体を冷やす。

座ったソファーに置いてある、綻びを繕いながら長年使っている膝掛けを足元に掛けた。戻ってきた父は、黙って暖炉の薪を足す。パチパチと爆《は》ぜる音をぼうっと聞いていると、心地良くてこのまま眠ってしまいそうになる。

いつまでも若いままの、産みの母の肖像画。古びた若草色の壁紙に、すっかりクッションの薄くなったこのソファー。

どれも懐かしく愛着のある物で、リジーはまどろんでいるうちに子供時代に戻ってしまいそうだった。

しかし、そうは言っていられない。

目を覚まそうと指先で瞼《まぶた》を擦り、姿勢を正す。

そんなリジーに、最初に声を掛けたのは、向かいに座った父だった。

「今日はどうしたんだい？　顔を見られたのは嬉しいけど、何かあったのかい？」

じっくり話を聞いてくれようとする姿勢だ。ニコラは飲み物を持って、父の隣ではなく、リジーの隣に腰掛けて微笑んだ。

この二人になら、自分の状況を素直に伝えられる。

信頼と、それから国から与えられた花嫁役への報酬の存在が大きかった。

このお金がなかったら、自分は仕送りをするために体調不良を隠し続け、もっと周りに迷惑を掛けてしまったかもしれない。

ひとり、悩み続けながら。

「……急にお休みを頂けたのは、体調が悪かったの。ずっと胃の辺りがむかむかして、食事の匂いだけで吐き気が込み上げて……、やたらと眠いし、熱も少しあるみたい」

リジーは出し惜しみなどせず、自分の身に起きている変化をすべて父とニコラに伝えた。

ニコラは次第に何かに気づいたように、真剣な表情に変わっていく。

父は純粋にリジーの体調を心配していたが、そのうちにニコラの様子を見て体調不良の原因に思い当たったようだ。

「リジー、月のものは……？」

ニコラの問いに、小さく首を横に振った。

隣に座っていたニコラはすぐに右手でリジーの肩を抱き寄せて、左手で手を強く握り、潤み始めた瞳を向けて頷いた。

この瞬間、決定的に、自分のお腹の中には新しい命が宿っているのだと確信できた。

誰よりも愛おしい、シリルの子供だ。

「おめでとうって言って、抱き締めてもいい？」

「うん」

ぎゅうっとニコラに抱き締められて、不安に思っていた場所から一歩だけれど、前に進めた。

父もすぐに立ち上がり、リジーの隣に座った。それから黙ってリジーを反対側からも抱き締める。

その抱擁の強さに、今日ここへ戻ってきて本当に良かったと実感できた。

「半信半疑だったけれど、これでちゃんと受け止められる。お父様、ニコル、私……この子を誰にも取られたくないよ」

弾が当たらないなんて言われたけれど、見事に命中してしまった。

……女神の加護も、失敗してしまった儀式では与えられないかもしれない。

もし失敗とみなされたら……始めからなかったものとして、赤ん坊は生まれたら始末、あるいは出産前にリジーごと、そうされてしまう可能性がある。

以前、花嫁役の女性が妊娠し、行方不明になったという恐ろしい話を思い出した。

金を積んで、儀式を復活させたという元老院ならやりかねないと想像してしまうのだ。

「リジー。君がそう決めたなら、僕たちは全力で協力するだけだ。何も心配はいらないよ」

身体を離し、父が真剣な目でリジーに言った。

ニコルも何度も頷く。

「……アリア様から、一時避難先に一緒に来て欲しいと言われているの。でも、こうなったらついていくわけにはいかない。だからって、真実を伝えるわけにはいかなくて……どうしよう」

今までとても良くしてくれたアリアと離れることは、リジーにとっても苦渋の決断になった。

叶うことならついていきたいが、現実は希望通りにはいかない。

話を聞き、少し考え込んでいた父が、あっと小さく声を上げた。

「リジーから手紙を貰った時に、僕は城まで会いに行っただろう？　あの時の嘘が役に立つかもしれない」

「えっ？」

「僕はリジーの顔が見たい一心で、家族が病にかかったと言った。だからより効く薬を求めて王都まで出てきて、リジーにも伝えに来たと、そう訴える迫真の演技をしたんだ」

今でもしっかりと、侍女長から父が来ていると知らされた時の、驚きと不安を覚えている。

「でも、あれがどう役に立つの？」

「いまだに病で家族が伏せっていることにしよう。こんな田舎にまでわざわざ確認に来る人はいないだろう。僕から聞かされたリジーはあれから気を病み体調を崩していたが、看病の助けが必要だと言われ、仕事を辞めて帰ることにした……こういう筋書きはどうかな？」

どこをどうとっても、無理のない筋書きに思える。父がそう言って城にやってきたことも、リジーが体調を崩しているのも本当のことだ。

「僕が侍女長宛てに手紙を書こう。『妻が長い間伏せっていて、幼い息子たちを見ながら仕事するのはとうとう難しくなった。人を雇うより、身内であるリジーに面倒を見てもらえた方が安心だから、娘を戻して欲しい』とね」

父は悪戯っぽく笑う。

「ここで産み育てるのも不安に思うなら、伝手《つて》を探してリジーが安心して暮らせる場所を探そう。王家の誰にも知られない、ここよりも、もっと王都から離れた場所に」

そう言って父は「皆で、赤ちゃんを守ろう」と約束してくれた。


父がしたためた手紙を持って、リジーは領地から城へ戻った。

侍女長に渡し、自身の口でアリアにも手紙と同じ内容を伝えた。

リジーの最近の体調の悪さ、いつかやってきた父、そしてこの手紙だ。

嘘だと疑う者など、誰ひとりいない。

寂しげなアリアの表情はリジーの心を酷く痛めたが、迷うことはなかった。
リジーはアリアの避難先へ持ち込む荷物の用意を率先して行い、王族を乗せた馬車が城から出発するのをしっかりと見送った。

その年の冬。
リジーは王都からも生家からも遠く離れた地で、赤ん坊を出産した。
黒髪に、青みの濃い菫色の瞳の、元気な男の子だった。

二章

鉱脈を巡る二つの国の戦争は、終結までに三年の月日を要した。

人も兵器も馬もひたすら消費し、神経を極限まですり減らし、まるで親しい友人のように自分の肩を気軽に抱こうとする死の気配に怯える日々。

鼻の奥に染みついた火薬と血肉の腐った臭い。砲弾の爆風で頭から浴びる土埃、負傷者の苦痛が滲むうめき声も、もはや日常になってしまっていた。

兵士がいよいよ足りなくなり、ここ数ヶ月は働き盛りの農民も駆り出され、戦いに加わることが多くなっている。

種を蒔き育てる農民がいなければ、この先、作物の収穫量はぐっと減ってしまうだろう。この戦争がどんなかたちで終わっても、以前と同じ暮らしに戻るには、何年も掛かるだろうと予想された。

戦争はこの世の地獄だ。

愛しい者を抱き締める腕も、美しい景色を眺めるために一歩ずつ進んだ足も、誰かと笑い合い未来を想像していた頭も、一撃の砲弾で一瞬にして吹き飛んでしまう。

どう動いたら、どう行動したら今日は死なずに済むのかと、誰もが戦争の勝敗よりも気にしている。

明日を待たず、次の瞬間には自分が斬りつけられ、吹き飛ぶこともおかしくなかった。

シリルがそんな中でも冷静に、そして勇敢に兵を奮い立たせて指揮を振るえたのは、自身のただひとりの花嫁の存在があったからだ。

人生の一つの選択肢を潰し、純潔を、柔らかい身体と微笑みを自分のために差し出してくれたリジー。

彼女の存在は、シリルにとって初恋で、本物の女神だった。

アリアに侍女として仕えているリジーの姿を見た瞬間、ひと目惚れした。

ただ自分から声をかける勇気が出せず、ユベールに名前を聞くのが精いっぱいだった。

戦場に向かい、会えない日々の中、これ以上はないというほど心が締めつけられていく。

近況を訪ねる、負担に思われないくらいのありきたりな内容の手紙を二度送ったが、返事はない。

あとでリジーの主、アリアは友好国へ避難したと聞き、きっと彼女も一緒に行ったのだと考えた。

戦争をこの手で終わらせるから、どうか早く戻ってきて欲しい。

許されるなら、もう一度あのしなやかな身体を、恥ずかしそうな笑顔ごと抱き締めたい。

そして、あの日ひとりベッドに残してしまったことを直接謝りたい。

好きだ、とても好きだ。この世の誰よりも愛している、と今度こそ何度も伝えたい。

シリルは密やかに、生まれたばかりの恋心を焦《こ》がしていた。

そして、とうとうその時が来た――。

積み重なる死体の上で、ついにシーラ国の敵将である王太子と対峙し、鎧越しに刺し違える。

シリルは自身も貫かれながらも、歯を思い切り食いしばって目を見開き、残されたすべての力を振り絞って、剣を王太子の身体の中に押し込んだ。

王太子の命がふっとこときれる、その瞬間まで執拗に。

命の尽きた身体が目の前で崩れ落ちるのを見届けた時、シリルは身体の奥から込み上げてきた激痛と出血に膝をつきそうになる。

けれど、味方が駆け寄って支えるまで、耐えてその両足で立ち続けた。

こんなところで、終わりたくはなかった。

必ず、必ず命を繋いだまま王都に帰る。そして、リジーに気持ちを伝えて結婚を申し込むまでは、絶対に死ねないのだと耐えた。

誰もがこんなにも長くなるとは予想もしていなかった、鉱脈を巡る戦争。その終結の瞬間だった。

騎士団と兵士たちの帰還は、暗く沈んだままだった王都の雰囲気を明るくさせた。

負傷兵も多く、失われた命も数多あるが、いつ終結するのかもわからなかった戦争が終わったのだ。

以前のような華やかさをなくし、閉められた店ばかりが並ぶ大通り。人々が多く並ぶのは配給所で、集うのは葬式ばかりだった。

少しずつだが、これから皆で力を合わせて以前の暮らしを取り戻していこう。国民は自分たちを鼓舞するように声を上げる。

避難のために王都を去った人々が戻ってくれれば、ここもまた以前のように賑やかな都に戻る。徴兵された農民が農地に戻れば、また耕作が再開されるだろう。

そんな期待を口々にしながら、城へ帰る傷だらけの兵士たちの長い行列を見守った。

今回の最大の功労者、シリルは重傷を負いながらも、身体を支えられながら自らの口で国王に勝利を報告した。

謁見《えっけん》の間にいる人間たちは、ぐったりとしながらも膝を折り国王を見据えるシリルの様子に息を呑んだ。

満身創痍《そうい》と言っても過言ではない身体だが、まとう空気は鬼気迫るものがある。死の臭いが漂う、と言ったら良いのだろうか。失った命、屠《ほふ》った命の残穢《ざんえ》がシリルの身や魂に酷く染みついているようだった。

精悍な顔立ちは更に深みを増し、印象的な菫色の瞳からは光が消えている。若さゆえの甘さが削《そ》げ落ち、視線には鋭さが増していた。

この三年間の戦場の悲惨さ、凄惨さが、その場に居合わせた人間にも伝わるようだった。

「キュリー騎士団長。今回は本当に……よくやってくれた」

国王はそう、静かにシリルを労《ねぎら》う。

本来ならば王太子であるユベールも一度は戦場へ出るべきだったが、この国唯一の王子であったため、国王はそれを決して許さなかった。

すべての権限と責任を負ったシリル騎士団長は、三年間の間に王都へ戻ることを一度も許されずにいた。

「ありがたいお言葉、痛み入ります」

はっきりとした返事に、国王は黙って頷いた。

そこに手放しで勝利を喜べる雰囲気はなかった。誰もがシリルの姿を見て、ユベールを頑なに戦場へ行かせなかった国王の判断は正しかったのだと確信していた。

シリルはユベールの身代わりと言っても過言ではない。そんな重責を背負いながらも勝利をこの国にもたらしたシリルに、これから自分はどう恩返しができるのだろうとユベールは考えていた。

謁見の後、シリルはすぐに城の医務局へ運ばれた。

出血が酷く、斬りつけられた大小の傷が塞がらずに熱を持ち、化膿していた。

貫かれた箇所からの出血が特に酷く、この状態で気を失わずに国王との謁見に臨んでいたなんて、と医者たちを驚かせた。

しかし、城に帰って気が緩んだのかもしれない。

シリルは大きく息を吐いたあと、気絶した。

身体中の痛みと人の話し声で、暗い沼のようなところに沈んでいた意識が少しずつ浮上していく。

眠ってしまっていたと気づき、慌てて起き上がろうとした。だが、思うように身体が動かず、ここは城の中の医務局なのだとぼんやりと思い出した。

かろうじて動きそうな瞼を開くと、ユベールがシリルの顔を覗き込んでいた。

「……っ、ユベール殿下」

「おっ」と、ユベールが驚いた顔をした。

「目が覚めたんだね、まだ動いちゃだめだよ」

シリルが今にも起き上がりそうな気配を見せたので、ユベールはすぐに釘を刺した。

「しかし」と身じろぎすると、脳天から足のつま先までを雷に打たれたような痛みが走る。

本格的な治療が始まり、それを享受することが最大の仕事になった今、身体が思い切り悲鳴を上げていた。

「こんな横になったままで、申し訳ありません」

「全く構わないよ。無理に動いて傷口が開きでもしたら、王太子であってもシリルに会わせてはもらえなさそうだもの」

そこで、シリルは自身が完全な面会謝絶の重傷だと聞かされた。

ユベールは、それでもシリルの様子が見たいと、無理を言ったらしい。

「僕の代わりに戦場へ向かってくれて……皆をまたここに帰してくれてありがとう」

この部屋にユベールとシリル以外の人間がいないからか、ユベールは頭を下げた。

慌てたのはシリルだ。王太子に頭を下げられてしまった。

「で、殿下、どうか頭を上げてください。一介の騎士になんて、誰かに見られでもしたら……！」

「僕は構わないよ。シリルは国を勝利に導いた英雄だ。僕が指揮をとっていたら、到底無理な話だった。それは城の者なら、皆わかっているよ」

口にしないでいてくれるけどね。なんて、ユベールは小さく笑う。

文武両道なんて芸当ができるのは、ほんのひと握りの人間だ。

ユベールは剣術は得意ではなかったが、座学と人心掌握の才に恵まれていた。

その力を真に発揮するのは、いずれ国王の座についてからだろう。

「そんな……。殿下だって、決して弱いわけではありません」

「ありがとう。でも僕に兄や弟がひとりでもいたなら、シリルが背負った重責の半分をあの戦場で持ってあげられたのに……なんて考えてしまうんだよ」

「殿下……」

一瞬、ユベールの顔が年相応の青年のものに見えたが、すぐに王太子の顔に戻った。

「ここからは僕ら王族の仕事だ。あの鉱脈の採掘の決定と、ぼろぼろに弱った国の立て直しをしないといけない。一秒でも早く元の姿に近い経済状況に戻して、アリアたちを迎えてあげたいしね」

シリルはその言葉に、ドキリとした。

いずれアリアと一緒にリジーが国に戻ってくる。その時に、こんなに弱って寝込んだ姿など見せたくはない。

好きなリジーの前ではうまく会話ができないが、格好は思い切りつけていたいのだ。

「アリア様たちは、いつ頃お戻りになられる予定ですか？　リジー……ドット嬢も」

ぎこちない聞き方になってしまったが、背に腹は変えられない。

情報は早く知っておくに越したことはない。たとえそれが予定だとしても、何も知らないよりはずっと良いはずだ。

「ああ、リジーは……そうか、シリルは知らなかったか」

気の毒に、なんて言葉を顔に貼りつけて、ユベールがシリルを見る。

足りない血が、更にさあっと全身から引く感覚に冷や汗が噴き出す。

「ま、まさか……！」

結婚したのかと問おうとしたが、その可能性はない……いや、ある。あの美しさや聡明さを前にしたら、処女であるかなんてどうでもいい。取るに足りない問題だ。

「彼女は結婚したのですか？　殿下は俺の気持ちを知りながら、止めてはくださらなかった……？」

ユベールは、その観察眼でシリルがリジーを気にかけていたことを知っていた。

（なのに！）

もう何も信じられない。そう考えだすと視界がぐるぐると回りだす。

ベッドに横になっているはずなのに、自分自身も縦横無尽に回っているようだ。

「ごめん、こんな状態の君に意地悪をするべきではなかったね。リジーは……って、うわー！　傷口が開いてきてるんじゃないか⁉」

ユベールが青い顔をしてシリルの胸元を指差している。

そこをシリルが触ってみると、着せられたシャツが濡れている。指先には血がついていた。

「あっ」

そう呟いた途端――。

ユベールの大声を聞きつけた医者が部屋に飛び込んできた。そして顔面蒼白で血だらけのシリルを目視し、ユベールを部屋から出そうとする。

医務局で働く人間は、病人や怪我人を治療するのが最優先だ。たとえ王太子であろうとつまみ出すし、元は面会謝絶だったところを無理言ったのはユベールだ。

続々と医者や看護師が現れ、シリルの治療にあたる者たちと、ユベールに「お静かに」と声を掛けながら穏便に部屋から追い出そうとする二手に分かれた。

シリルはこの国に勝利をもたらした英雄だ。医務局もその英雄をみすみす死なせるわけにはいかない。

医者たちに背中を押され、追い出されそうなユベールは、まだ目を回しているシリルに向かって叫んだ。

「彼女は、アリアとは一緒に行かなかったんだ！　戦争が始まってすぐ、侍女を辞めて実家に戻った！」

最後まで言い切ったところで、とうとうユベールは部屋から出されてしまった。

医者に服を脱がされ、血にまみれた包帯をハサミで切られている間、シリルはユベールの言葉を頭の中で反芻《はんすう》した。

（……侍女を辞めて……帰った？　てっきり彼女はアリア様と一緒だと……）

ふと、戦争に向かう直前に偶然出会った、リジーの父親を思い出した。

中庭でスケッチブックに植物の絵を描いていて、それに興味を引かれて声を掛けた。感じよく丁寧に質問に答えてくれた紳士が、リジーの父親だとわかった時、内心では飛び上がるほど驚いた。

それをリジーの前では必死に隠した。目の前のリジーに目を奪われながら、何とか平静を装っていた。

（どうしてあの時、ドット男爵は城にいたんだろうか。それに……リジーはどうして侍女を辞めたんだろう？　侍女長なら、きっと理由を知っているはずだ）

ユベールはあくまでも王太子だ。いくら騎士団長であっても、質問一つするため会いに行けるほど気やすい存在ではない。

ユベールより何倍も侍女長の方が会いやすい気もしたが、果たして今城に残っているだろうか。

目を閉じて、リジーの顔を思い浮かべる。そのまま深く眠ってしまいそうになると、大声で医者から名前を呼ばれて起こされた。

全身が鉛のように重い。

瞼の裏が真っ暗だ。

息を吸って吐くたびに、激しい痛みが全身に走る。

（……リジーに、名前を呼ばれたい。あの声で……俺をこの世に繋ぎ止めて欲しい）

シリルは頭の中で、リジーの姿形、声を、できる限り何度も何度も思い浮かべて確かめていた。


シリルが自分の力でようやくベッドから身を起こせるようになるのに、一週間の時を要した。

強い痛み止めを処方されていたせいでぼうっとしていたが、それでも覚醒している時は腕を動かしたり、足を持ち上げてみたりと、ささやかながら身体を動かしていた。

しかし、夜には悪夢にうなされ続けていた。

死にものぐるいで終わらせた戦争、あの戦場にまた自分が立っているのだ。

仲間の死体が足元に転がり、あちこちで砲弾がさく裂している。

隊は死滅して機能しておらず、たったひとり叫べど声にならないのだ。

全身に力が入り、傷の痛みで目が覚める。

瞼を開けた瞬間の、この場がどこなのかわからなくなる一瞬がとてつもなく嫌だった。

事態が進みだしたのは、またもや急なユベールの見舞いだった。

峠は越えたということで、面会謝絶が朝から解かれていた。

今度は身を起こして挨拶をしたシリルの前に、ユベールは二通の手紙を差し出した。

「……これは……あっ！」

受け取った、やたら見覚えのある手紙は、戦場からシリルがリジーに送ったものだ。

国境について三ヶ月経った時、それとぐんと冷え込んだ冬の始まりに、体調に気を付けるようにと綴った。

甘い言葉や、ましてや帰りを待っていて欲しいなんてことは書けなかったが、何かリジーとの繋がりを心から猛烈に欲していた。

「この手紙が届いた頃には、リジーはもう城にはいなかったからね。一通目は侍女長から預かって、二通目からはもし届いたら僕が預かると言っておいたんだ」

開封されたあとがないかさりげなく確認をしたが、そんなものは一切なかった。

「……わざわざ、ありがとうございます」

自分の筆跡で記されたリジーの名前を見つめる。リジーに忘れられたくなくて、彼女の負担にならない内容を考え、蠟燭《ろうそく》の灯りを頼りに手紙を書いた。

消毒液と薬品の臭いで満ちた部屋。

ユベールは窓際まで行き、閉め切られたままの窓を大きく開けた。

白く薄いカーテンが、ふわりと風に吹かれて揺れる。その隙間からは真っ青な空と、レンガ作りの街並みが広がっていた。

草木の芽吹いた春の匂いが、シリルの元にも届いた。

「シリル・キュリー。君には、これからしっかりと身体を癒やしてもらわないといけない。なので、一年間の休暇を与える。また、褒美に金貨と領土を用意する」

正直、シリルはどの提案にも全く惹かれなかった。

生家は三大伯爵家の一つで、シリルの兄が後々父親から引き継ぐことになっている。

剣聖の血筋でもあり、自分はその才能に恵まれていたから騎士団に入団した。

領土など与えられても管理する時間はないし、遊びを嗜《たしな》むことを得意としないシリルには大金も使い道も思いつかない。

そんなことよりも……今はもっと、喉から手が出るほど知りたいことがある。

「褒美はありがたいのですが……一つ、殿下にお願いしたいことがあります」

「んん？　何だい？」

「リジーの、リジー・ドット嬢の生家の場所を教えては頂けませんか？」

ユベールはその言葉に、「おっ」という明るい表情を見せた。

「教えられるとは思うけど、聞いて悪用したりしない？」

「そんなことは誓ってしません」

騎士の約束は必ず守る。

ユベールも軽口は言ったが、シリルを心から信頼している。

「君がリジーのことを好ましく思っているのは知ってるよ、応援もしたい。ただ、彼女の状況が今どうなっているのか……」

曇り始めたユベールの表情に、思わず息を呑んだ。

「それはどういう……」

「ご家族の、多分母君だと思うのだけど、病で伏せっていたらしいんだ。幼い弟の面倒を父君だけで見るのは難しいらしく、帰ってきて欲しいと手紙を書かれてね」

「いつ頃ですか？」

「確か……始まりは、あの儀式の少し前だったと思うよ。王都まで薬を求めに来た父君が、リジーに会いに来たって聞いている」

あっ、とシリルは三年前に中庭でリジーの父に偶然出会ったことを思い出した。

（そうか。だからリジーはあの日、あんな慌てた様子で駆け込んできたのか）

「あの……儀式のあと、すぐに彼女は帰郷したのですか？」

儀式の夜、リジーは憂いた顔は見せなかった。もし、あの時に話をしてくれたなら……

そう考えたが、彼女は身内の病のことまでペラペラと話す人ではなさそうだった。

「帰ったのは、あれから二、三ヶ月後だったかな。リジーが一度倒れて……、アリアがとても心配してね。少し休みを出したら、生家に帰って。城に戻ってきた時には父君からの手紙を携えていたみたいだよ」

それを侍女長に渡し、心労からか体調が悪そうなまま働き、一ヶ月ほどで生家に戻ったのだという。

シリルはその話を聞いただけで、たまらない気持ちになってしまった。

英雄だなんて言われたって、心を寄せる女性ひとりも救えていない。

帰ってきたら、なんて甘っちょろいことを思わず、かき抱いたあの夜に素直に気持ちを伝えれば良かったのだ。

顔を両手で覆って、大きく息を吐いた。

意気地がなかった自分が許せない。

今からでも自分にできることがあるならば、今度こそ力になりたい。

シリルはそう、心に固く誓った。

「……頂いた休暇を使って、彼女に会いに行ってきます」

「なら、もう少し動けるようになるまで療養しないとね。彼女の生家までは、王都から馬で一日掛かると聞いたことがあるよ。ほら、この窓から見える風景のうんと向こうだ」

手を顔から下ろして、再び窓の外に目をやる。

爽やかな風は、まるで情けない背中を押してくれているように優しかった。


それからのシリルの回復具合は、医者も目を見張るものがあった。

だが、最後に身体を貫かれた傷はどうにも塞がらず、何度か縫い直しても血は滲み続けている。

それでも立ち上がり、歩くことから始めた。部屋を出て、遠くまで歩いていってしまうので、そのたびに医者に無理をするなと数人がかりで連れ戻された。

かなり無理をしたが、二ヶ月ほどで馬に乗れるほどに体力も回復した。

医者たちには、絶対に無理は禁物だと口を酸っぱくして言われたが、シリルはもうリジーに会いに行くことしか頭になかった。

新緑の成長はますます勢いを増して、日々強くなっていく太陽の日差しを浴びている。

沈んでいた王都の雰囲気は、明るさを取り戻しつつある。続々と人々が避難先から戻ってきて、いつかの活気が戻るのも時間の問題だ。

シリルは騎士団に入団する時に生家を出て、生活の拠点を城内にある官舎に移していた。

医務局から官舎へ戻り、三年と数ヶ月ぶりに戻ったひとり部屋の空気を随分と懐かしく感じていた。

誰かが定期的に掃除をしてくれていたのだろう。部屋は出た時と変わらずに清潔に保たれていた。

元々あまり物を持たない性格なので、部屋はさっぱりとしている。テーブルに一脚の椅子、ベッド、それと馬に乗るための自前の鞍や手入れの道具などしかない。

着替えは備え付けのクローゼットの中にあり、本棚には数冊の剣術と戦術の本だけ。剣術に優れたひと握りの人間しか所属できない騎士団の中で、特にシリルは三大貴族出身のうえ、将来の幹部候補生とあったのでひとり部屋を与えられた。

絨毯が敷かれ、南向きで日当たりも良い広い部屋なのに、宝の持ち腐れ……そんな印象だ。

久しぶりにドスンと自分のベッドに勢い良く横になると、背中に鋭い痛みが走った。

「……っ、痛い」

相変わらず塞がり切らない傷が痛む。それでもここまで身体が回復したことが嬉しい。

ユベールから細かく聞き出したリジーの生家に行くために、馬の手配をした。

心配する騎士団員たちが何人も、遠出をするならついていくと言ってくれる。

しかしシリルは丁寧にその申し出を断り、明日の朝早くにひとりで出発すると譲らなかった。

誰かがいた方が、色々な場面で助かることはわかっていた。

自分の状況はまだ万全ではないし、心配してくれる気持ちも十分にわかる。

しかしそれでも、ここは自分だけで向かうことに意味があるのだと思っていた。

リジーがどんな風景を見ながら生家まで帰ったのか、シリルは追体験をしてみたかった。

背中に痛みを感じながら少しだけ眠り、目を覚ますとトランクに旅の用意を詰める。

気の利いた贈り物の一つでも用意すれば良かったと気づいた時には、もう真夜中になってしまっていた。

翌朝には騎士団員のほとんどが厩舎の前に集まって、シリルが乗る馬の身体を拭き上げ、しっかりと鞍をつけてくれていた。

騎士団員たちはシリルの遠出の目的を全く知らなかったが、死んでしまってもおかしくはなかった団長の回復をとても喜んでいる。

無事に目的地まで行き、ここに帰ってきて欲しい。皆の思いは同じだった。

「団長、この先の道なりですが、狐が出ると聞いたので馬の足元に気を付けてください」

「途中の大きな川沿いにある宿屋を過ぎてしまうとしばらくは何もないので、体調次第では無理せずそこで休んでいってください」

「これ、食堂のおばちゃんたちからです！」

焼き立てであろう、紙袋いっぱいの温かなパンを渡されて、シリルは面食らった。

「ありがとう。しばらく休みを貰う身で、こんなに良くしてもらって……」

団員たちが少しずつ鍛錬を再開している中、シリルは治療のため医務局に入り浸っていた。

帰還してからずっと鍛錬に顔を出せなかったことを、いつも申し訳なく感じていた。

しかしそんな状況に、不満を漏らす団員などはいない。

あの地獄の戦場で誰よりも先頭に立ち、指揮をとってくれたからだ。

団員は皆、死の恐怖を振り払うためにシリルの大きな背中を見ていた。

「何かあったら、すぐに迎えに行きますから。使いの者を捕まえて城に寄越してください」

「わかった。その時には、迎えに来てもらえると助かる」

馬に荷物をしっかりと括りつけ、手を貸してもらいながら騎乗する。久しぶりの高い目線。馬と一緒にその場で大きく一周回ると、鈍っていた感覚が摑めてきた。

(……よし、大丈夫そうだ)

「では、行ってくる。留守にしている間、よろしく」

団員たちにそう告げると、馬の腹を軽く蹴って鍛錬場をあとにした。

帰還した時は意識が朦朧《もうろう》としていて街の風景を見る余裕はなかったが、今はちゃんと見えている。

閉まったままの店も多く、人の往来も以前よりは少ないが、これから元のように戻っていくだろう。

何より、あの戦火が王都にまで及んでいたら復興には膨大な時間と金、そして人力が必要になる。

戦争の一番の目的が侵略ではなかったことに、今更ながら胸を撫で下ろした。

リジーの生家のある領地までは、乗り合い馬車も行き交う広い道になっていた。雰囲気も比較的穏やかで、シリルを乗せた馬も順調に走っていく。

その背中で身体が揺れるたびに傷は痛んだが、それよりもリジーに会えることへの喜びと緊張の方がずっと勝っていた。

シリル・キュリーは生真面目な男だ。

誰もが目を奪われる美貌にも、剣術や人を率いる才にも恵まれたが、次男坊だった。

けれど家督を継げないことに関して不満はなかったし、兄と義姉の間に生まれた子供も叔父として可愛いと思っている。

日々鍛錬を重ね、王族の警護にも当たり、いくつもの騎士隊を団長の補助をしながら率いているうちに、いつしか次期騎士団長の候補に名前が上がっていた。

帰れば見合いの話が山ほど来ていると聞かされるので、生家が王都にあるにもかかわらず、あまり帰らず普段はほとんど官舎で過ごしていた。

いずれ、父が断り切れなかった縁談相手と政略結婚。どの貴族もそうであるように、自分の将来もそうなるだろうと考えていた。

自由な恋愛、そう言ったものにはきっと縁がない。シリルは自分が女性を喜ばせるような話術や所作を持たないことを自覚していた。

あるいは、口を開いたらつまらなく残念な男だと思い込んでいる。

兄の跡継ぎは誕生している。ならば自分はここで、このままずっと剣術を極めながら生きていきたい。そして、いずれ後世に引き継いでいきたい。

そう思う日々の中で、ユベール殿下の妹、アリアの侍女の噂だけは聞いていた。

まるで天使か女神のようだが……貧乏な男爵家の出自なのが残念だと。

ある日の庭園で初めてリジーを見かけた時、シリルは生まれて初めて見とれるという体験をした。

陶器のようにつるりとした白い肌、金色に輝くまとめられた髪、そして吸い込まれそうな大きな瞳。

白い手が花をつまみ、側にいるアリアにそれを見せている。

二人のまるで姉妹のようなやり取りに目を離せないでいると、人の気配を感じたのかリジーがふとこちらに視線を向けてきた。

その空色の瞳が自身に向けられ捉われた瞬間に、全身の血液が沸騰しそうなほど熱くなったのを覚えている。

今までうんともすんとも、どうにも芽生える気配のなかった恋心というものが、リジーの眼差しを受けて目を覚ましたのだ。

それからすれ違う機会があっても、不器用なシリルは声を掛けることができず、顔が赤くならないことを祈りながら会釈を交わす。

軽い気持ちでリジーで遊んでやろうと軽口を叩く騎士団員がいれば、足腰が立たなくなるほどしごき、密かに睨みを利かせる。

でも、そうやって守るだけじゃいけないと理解していた。

だからシリルは、リジーを本当に守るために敵将と刺し違えたのだった。

そんなことを思い出しながら、会えたらどう気持ちを伝えようかと馬上で悩んでいた。

ドット男爵に挨拶をして、きっと訪問の意図を聞かれるだろうから……どうかリジー嬢と婚約を交わしたいと願い出よう。

時間はあるから、じっくりと。きっとリジーは驚き戸惑うだろうから、自分が初めてその姿を見た日の話からしよう。

そしてどうか、自分のこの手を取って欲しいと必死で願うんだ。

手綱を握る手袋の中に、緊張の汗が滲んできた。

シリルはここがもし人の行き交う道でなかったら、湧き上がる名前の付けられない感情を昇華するために大声を出し、あるいは呻《うめ》いていたかもしれない。

感情に翻弄される主人を背に乗せて、馬は気持ち良く真っ直ぐな道を進んでいった。

途中で休憩を挟みながら行くと、日が傾き始めた頃には、風景は小麦畑の緑が一面に広がるものに変わっていた。

わずかな風にも、一斉に動きを合わせたように揺れている。

まるでそれが陸の上の海のようで、シリルは馬の手綱を引いて止めた。馬は道の端に生えた雑草をおやつとばかりに食み始める。

「……ここが、リジーの生まれ育った場所か」

ぽつりと呟くと、目に飛び込んでくる豊かな自然すべてが特別に思えてきた。

遥か向こうに森があり、太陽は柔らかな日差しを残しながら緑の海の中に傾いていく。

その様子がまるで一枚の絵画のようで、シリルはただ見入っていた。

草を食べ終えた馬が、早く先へ進もうと催促するように首を後ろに回してくる。

「そう急かさないでくれ、進みたいのはやまやまなんだが……また緊張してきてしまってな」

鼻をこしょこしょと指先で撫でてやると、馬はくすぐったいと言うように首を小さく振った。

ここまで来ると、ドット男爵の領土で一番栄えている場所に着くのは早かった。

宿屋の前に軽く馬を繋ぎ、入り口を覗く。

二階建ての宿屋は、一階が食堂も兼ねているようだった。すでに酒を呷《あお》って顔を赤くした男が数人、わいわいと談笑していた。

「すまない、誰か宿の者はいませんか？」

その声に奥から「はーい」と声が返ってきて、ここの女将だと思われる女性が前掛けで手を拭きながら厨房から出てきた。

「お待たせしました……あら！　騎士様がこの辺りにいらっしゃるなんて珍しい！」

今日のシリルは個人的な遠出ではあったが、リジーやその家族に会うことを考えて団服を着用していた。

それで女将はシリルが騎士だとわかったのだろう。

「今夜ここに泊まりたいのだが、空き部屋はありますか？」

「ありますよ。すぐに案内しますね。それから食事はどうしましょうか？　この辺りはうちか、あと二軒ほどしか食事が出せる店がないのよ」

「じゃあ、お願いします。これから荷物を置いたらすぐに出かけたいところがあるので、簡単なものを部屋に運んでおいてもらえると助かります」

お願いをすると快諾してくれたので、食事の心配はなくなった。

案内された二階の角部屋はこじんまりとしていながら清潔感があり、板張りの床にも土や砂の汚れなどはない。

女将の話だと、この店は王都までを繋ぐ主要な往来の近くで、普段から行商などが宿泊で使うので、辺鄙《へんぴ》な場所ながら賑わっているのだという。

シリルは荷物を部屋に置くと、その場で二泊分の宿泊費を手渡した。

「確かに受け取りました。馬は宿の裏にある馬房で預かりますので、乗り出す時には宿の者に声を掛けてくださいさい。今夜は馬も疲れたでしょうから、たくさん飼い葉をあげますね」

「よろしく頼みます。ところで、ある人の屋敷を訪ねたいのだが、場所が……」

「屋敷って、男爵さんのところですか?」

図星――と、シリルの驚いた表情ですぐにわかったのだろう。

女将はくすくすと笑いだし、すぐに種明かしをしてくれた。

「この辺りでお屋敷で暮らしているのは、ドット男爵様だけですもの。ここから歩いて行けるほど近いんですよ、良かったら道案内をしましょうか?」

いよいよこの時が来たのだと、シリルは息を呑んだ。

女将の言葉に甘えず道案内は辞退し、簡単な地図を書いてもらった。

日は落ち、その名残りの光が西の空に溶けて滲んでいる。

もうすぐ夜になる。突然の訪問には明らかにマナー違反な時間だったが、明日再訪したいという約束だけでも取りつけられればと考えていた。

ドット男爵の屋敷は、本当に宿屋の近くにあった。

王都に建ち並ぶ屋敷と比べたら小さいが、それでもしっかりとした立派な佇まいだ。

正面の鉄門の向こうには綺麗な薔薇園があり、昼間の日の光の下で見たらさぞかし綺麗なのだろうと想像する。

リジーが世話をしているのだろうか。そう考えただけで、胸がいっぱいになってくる。

鉄門を押し開けて進み、はやる気持ちを抑えながらドアノッカーを使って二、三度玄関の扉を鳴らした。

人の気配がして、ドアが静かに開いた。

「……あっ」

「……こんばんは、お久しぶりです。キュリー様」

ドアを開けたのは、いつか中庭で会話を交わしたリジーの父親、ドット男爵だった。

「突然の訪問、申し訳ありません。しばらく留守にしている間に、リジー嬢は城勤めを辞めたと聞いて……。どうしても一度お会いしたく、王都から来ました」

もっと良い言い方があったかもしれないが、これがシリルの素直な気持ちを言葉にしたものだった。

「それは遠くまでありがとうございます。どうぞ、中に入ってください」

もうすぐリジーと再会できるのだと思うと最高潮に胸が高鳴ったが、シリルの予想の斜め上を行く展開が待ち構えていた。

通された応接間にお茶を運んできてくれたのは、三十代くらいの女性だった。多分この人が、リジーが話をしてくれた継母だ。

少し開いたドアの隙間から、双子らしき男の子たちが興味津々とばかりにシリルを見ている。

しかしそれはすぐに見つかって、継母が双子を叱りながらドアを静かに閉めていった。

応接間に、妙な沈黙が落ちる。

リジーの姿は見えないばかりか、ドット男爵の様子も気になる。ただシリルに向き合って、静かに出方を待ち構えているようにも見えた。

「ドット男爵。リジー嬢はご家族の具合が良くなく、そのために故郷へ帰ったと聞きました」

「ええ。リジーが帰ってきてくれたおかげで、妻もだいぶ調子を取り戻しました」

確かに、さっきの様子だとだいぶ体調も良いように見えた。

「王都から、キュリー様のご活躍のお話はここまで伝わってきています。もし負けていたら、鉱脈だけではなく、王都まで侵攻されていたかもしれないと噂されていました」

シーラ国の指揮を全面的にとっていた王太子は、人の意見を聞かないことで有名だった。温厚な父王とは政治的な意見が合わず、そのせいで王政は穏健派の国王と、野心的な王太子派で真っ二つに分かれてしまっていた。

シーラ国には父を支持する第二王子がいるため、王太子の廃嫡の噂も出ていたらしい。そんな折に鉱脈が発見されたため、王太子は自らの正統性を見せつけるために戦場に出て指揮をとった。

終戦してからわかったことだが、こちら側が負けていた場合は、そのまま王都まで侵攻したいと熱心に周囲に語っていたという。

二つの国を一つにし、その新たな国王に収まる野望でも抱いていたのだろう。王太子が戦死したことで、元王太子派の多くは、今までの傍若無人な行為をすべて彼のせいにしようとしているらしい。

シリルは意図せぬかたちで、国を救ったのだった。

「……正直に言いますと、あの時はもうただひたすらに……守りたい人のことを考えていました。生きて彼女にまた会いたくて、それだけが支えでした」

そう語るシリルを、ドット男爵は黙って見つめた。

リジーの青い瞳は父親譲りなのだと、この時に改めてわかった。

「……リジー嬢と、会わせて頂けませんか？」

自分がリジーをどう思っているのか、伝わっただろう。

ドット男爵は、シリルの真摯《しんし》な言葉にこう答えた。

「リジーは今、うちと古い付き合いのある薬師のところへ長く手伝いに行っています。なので、この家にはいないのですよ」

リジーの不在を知らされ、思いも寄らない喪失感に言葉を失ってしまった。

すっかり、この生家で暮らしているものとばかり思い込んでいたのだ。

（いないなら、そこまで会いに行くまでだ）

乱れた心を落ち着かせるために、静かに息を吐いて整える。

「では、その薬師の住まう場所を教えて頂けますか？　どうしても、リジー嬢にお会いしたいのです」

そう食い下がるが、それも肩透かしを食らってしまった。

「娘の居場所は教えられません。誰が訪ねてきても、そう対応して欲しいと言われています」

ドット男爵は迷うことも、情に流されることもなくそう言い切った。

「それは、どうして……！」

「それも教えられません。どうか、あの子のことは忘れてやってくれませんか？　この国を救ったキュリー様なら、いくらでも相手はいるでしょう」

どうか、お願いします。そう言ってドット男爵は頭を下げた。

しかし、シリルはリジーを諦めるつもりはない。

ただひとり、リジーだけがシリルの心の真ん中に住まう女性なのだ。

「……無理です。俺は絶対に諦めたくありません」

そんなやり取りをしていると、いつの間にかドアが少し開かれて双子がこちらを覗いていた。

不安そうな表情だ。父親が頭を下げている場面など、初めて見たのかもしれない。

幼い子供の記憶にそんな場面は残したくないと、今夜は一旦引くことにした。


翌日。やはりドット男爵は日常的な会話はしてくれたが、リジーの居所を教えてはくれなかった。

宿屋の女将なら何か知っているかもしれないと思い、尋ねると、「わからない」と返ってきた。

王都から帰ったリジーは屋敷で少し過ごしたあと、仕事が決まったと言って、旅立ってしまったそうだ。あれから一度もここへ帰ってきている様子はないが、ドット男爵からは

「リジーは元気だ」と聞いているという。

行先はわからなかったが、この地で彼女がどう育ったのかを聞くことはできた。

産みの母を早くに亡くしてしまったので、彼女のことは乳母やここの皆で面倒を見ていたそうだ。

男爵令嬢でありながらそれを鼻に掛けるそぶりもなく、優しく真っ直ぐに育ったという。

ここは田舎で、男爵家も裕福な方ではない。城に行儀見習いという名の奉公に出た時には、たくさんの人が彼女を見送りに来たのだと話をしてくれた。

ただ、彼女は我慢強いところがあるので、それが心配だったという人もいた。

ここに住まう人々は、それぞれにリジーを大事に思っているのがよくわかった。


三日目の朝。シリルは再び痛み始めた身体中の傷の様子を見て、動ける体力が残っているうちに一度王都へ戻ろうと決めた。

疲れが出ているのだろう。

ドット男爵から聞き出すのは長期戦になるかもしれないが、ここに通って必ずリジーの居所を教えてもらえるように強く祈る。

——しかしどうして、居所を誰にも知られたくないのか？　何かあったんだろうか？

もし誰かが彼女を傷つけたのなら、絶対に許さない。

(何があったのか知れれば……。いや待て、俺自身に会いたくないという可能性は？)

リジーはどこかで心機一転、人生をやり直しているのではないか？

過去にあったこと……あの夜のことを心に封印して新たな場所で生活を送っているのかもしれない。

そこに、一度きりだが肌を合わせた男が現れたら……心中は穏やかではなくなるだろう。

(もしかして、あの夜は俺も初めてだったから、リジーが逃げ出したくなるような何かを無意識にしてしまったんだろうか……)

考えるほど募る不安と、思い出したことにより昂ってしまった気持ちが抑えられない。

自分が強くリジーに執着していることはわかっている。

会えなかった時間のぶん、生死を賭けたぶん、どうしているか案じたぶん……。

一秒ごとに募る想いに、シリルは自分が実は『重い男』だったのだと思い知った。

暗い気持ちで荷物をまとめ、女将に挨拶をして宿屋をあとにする。

預けていた馬を引き渡してもらおうと馬房に向かうと、これから出発する行商たちで順番待ちになっていた。

手持ち無沙汰に待っていると、隣にいる年老いた行商にじっと見つめられているのに気づいた。

初めは好きにさせていたが、ついに顔を覗き込まれたので驚いてしまった。

「何か、顔に付いてますか？」

そう角が立たないように聞くと、行商はぱあっと表情を明るくした。

「騎士様によく似た子供を知っていてね。その紫の瞳の色が珍しくて、うん、やっぱり同じだ」

うんうんと頷き、ニコニコしながらシリルを見つめる。

不思議な話だ。この菫色の瞳はキュリー家の家系の人間だけに現れるもので、しかもそれは極稀だ。

兄の子供も菫色の瞳ではない。

しかし、この行商が話のきっかけにと適当なことを言っている感じもしない。

ざわざわとした妙な胸騒ぎが、シリルをかき立て始めた。

「……それは珍しい。この瞳の色の人間はなかなかいないんです。どんな子供だったか詳しく教えてもらえますか？」

あくまでも柔和に、もっとその話が聞きたいと伝えた。

行商は話し好きなのか、迷うことなく話し始めた。

「二、三歳くらいの可愛い男の子でな。黒い髪に紫色の瞳だったよ……まさに騎士様を小さくしたら、あの子供とそっくりだ」

そっくり……そんな子供がいるのか。シリルは一瞬、父や兄の不貞を疑ってしまった。

「そうなんですね。そんなに自分に似ているなら、一度は会ってみたい」

「会ったらもっとびっくりするぞ、その子の母親はえらい美人さんだから」

ドキリと心臓が大きく鳴る。息が詰まって、目眩《めまい》がしそうだ。

そんなシリルのことは露知らず、行商は楽しそうに話を続ける。

「若い母親で、子供と二人で薬師の住まいに身を寄せて暮らしていたな。王都の話をしたら、随分と懐かしがるから聞いてみたら、子供を産む前に城で働いていたと言っていたよ」

細い糸だが、一本ずつ繋がり始めた感覚に、シリルは強く胸を震わせた。

「……その母親は、美しい金髪だった？」

「ああ！　もしかして知り合いかい？　青い瞳のべっぴんさんだ、城でも有名だっただろう！」

――ああ、何ということだ……！

シリルは自分の内側から爆発しそうに噴き出した感情に、大きく息を吐いた。

「……もっとよく、もっと近くで俺を見てくれ。その子供と俺の瞳の色が、本当に同じか確認して」

ずい、と行商に顔を寄せると、驚いたのか一歩引いてしまった。そのぶん、シリルは一歩進んで空いた距離を詰める。

「どうだろうか？」

「ひえ、か、格好いい……です」

「違う、そうじゃない。顔の造りは似ているか、瞳の色は本当に同じか確認して欲しいんだ」

迫られた行商は、息を呑んでシリルを凝視する。

はたから見たら異様な光景で、ちらちらとこちらを気にする人間も出てきたが、シリルは全く気にしない。

「……似てるというより、ほぼ同じだよ。もしかして、あの子供は……」

胸に湧いた疑問はその行商からの言葉に後押しされて、ほぼ確信に変わった。

そして今、やっとリジーの居所がわかるかもしれない。

「どこでその母親と子供に会ったか……教えてくれないか？」

鬼気迫りつつも、どこか必死で切ない表情を浮かべるシリルに、行商は事情があるのかもしれないと感じ取った。

「辺境だよ、大きな湖のあるところだ。宿場町からは離れた場所にある、年寄りの多いところさ」

辺境と聞いて、リジーは随分と遠くに行ってしまったのだとシリルは思った。

この領地から辺境まで、移動するだけでも五日ほどは掛かる。

だけど、そこにリジーと……自分に似ているという子供がいるのだ。

「……教えてくれてありがとう。本当に……。二人は元気だった？　困った様子などはなかっただろうか」

「うーん、身なりも清潔にしていたし、子供もやんちゃで元気だったよ」

「やんちゃ……ふふ、そうか」

さっきまでの厳しい表情はすっかり消え失せ、ほっとした顔をするシリルに行商は何とも言えない気持ちになった。

「騎士様、もし探して会いに行くなら、理由はどうあれ、どうかあの母親を叱ることだけはしないでやってくれないか？」

あの母親は、一生懸命に子供の面倒を見ていたよ。

そう行商は言って、お願いだともう一度言った。

シリルの必死な様子に、何か誤解をしているようだ。

「うん。叱るつもりなんて毛頭ない。むしろ、ありがとうとお礼を言いに行くつもりだ」

シリルは行商にそう伝え、これから王都へ向かうのかと聞いた。

「そうだよ、これから王都へ行くよ」

「なら、一つ用事を頼まれてくれないか？　城に行って、今から書く手紙を渡して欲しい」

足元に置いたトランクを開き、紙とペン、インク壺を取り出した。

閉めたトランクを台にして、つらつらと便箋《びんせん》に文字を綴る。

「……確か、辺境には王族の使っていた静養所があったような？」

「今でも湖の側にあるさ、昔は暇潰しにと、よく色んな行商が呼ばれたもんだ。ここ十年くらいは使われてないけど、まだ使用人が管理しているよ」

「そうか、まだあるんだな」

辺境に王族が所有する、静養所を兼ねた屋敷があることを、ユベールから以前聞いていた。

子供の頃に一度だけ使ったことがあるそうで、静かで良い場所だったと懐かしんでいた。

（じゃあ、ありがたくそこを使わせてもらおう）

行商は不思議そうな顔をしたが、シリルは便箋に再び目を落とした。

便箋には、これからしばらく王都の喧騒から離れて治療に専念したいこと、辺境はゆっくりと静養するのに最適な場所なので、王族の静養所を使う許可が欲しいことを綴る。

返事を、静養所から近い宿場町で泊まりながら待っていると。

宛先は、ユベールだ。

封筒に入れ、丁寧に封をした。それから送り主が間違いなく自分だと証明するため、褒賞を受けた時に賜ったロゼットを一緒に託した。

「それから、この話……辺境の母子のことも、俺にその話をしたことも、どうか誰にもしないで欲しい。城で誰に何か尋ねられても、ただ宿屋で騎士に頼まれただけ、と言ってくれ」

行商の手に、誰にも見られぬように金貨を数枚握らせた。

驚いたのは行商だ。金貨一枚でも大金なのに、それを数枚くれるというのだ。

「こ、こんなに貰えないよっ」

「いいんだ。今日、貴方から彼女の話を聞けなかったら、俺は一生あちこちを探し、さ迷っていたかもしれないんだ」

「こんなに、いいんだろうか……」

「手紙を届ける報酬だと思って、受け取って欲しい。その代わり、必ず届けてくれ」

遠慮がちに金貨を握る行商の手の上に、「ほら」と自分の手を重ねて力を入れて握った。

強く頷く行商に手紙を託し、シリルは馬を馬房から出してもらうと、その足でドット男爵の屋敷へ向かった。

男爵は、庭で双子たちと草木の手入れをしていた。

伸びた雑草を、双子が競いながら抜いている。

シリルが来たのに気づき、ドット男爵は被っていた帽子を取って、鉄門まで歩いてきてくれた。

「キュリー様、おはようございます」

「おはようございます。ドット男爵」

ドット男爵は、シリルを追い返したりはしない。

リジーがどこへ行ったのか、その質問には答えないだけで、昨日などは畑に出たあとに一緒に昼食までとった。

ドット男爵も、シリルの誠実な人となりを会話を重ねているうちに、短い時間の中で十分に知った。

どんな想いで、リジーの行方を探しているのかも。

しかし、娘からは誰にも知らせないで欲しいと懇願されている。

昔から苦労や我慢をさせてしまっている娘との約束を、そう簡単には破れないのだ。

今日のシリルは昨日とは雰囲気ががらりと違って見える。

何かを決意したような熱い炎が、静かに瞳の奥で揺らめいていた。

ドット男爵は改めてシリルの瞳を見て、まさに、〝あの子〟と同じ瞳の色をしていると感じていた。

「ドット男爵。俺はこれから、辺境へ向かいます」

どくんと、ドット男爵の心臓が深く鼓動を打つ。

辺境へ、あの二人の元へ……ドット男爵は努めて表情を変えず、言葉を返す。

「……どうして、それを僕に伝えに来たのですか？」

シリルはリジーの居所をどこかで知り、確信を持って辺境へ向かおうとしている。

何も言わず、すぐに向かうことだってできたのに、わざわざ伝えたのはなぜなのか。

「あなたが、リジー嬢のお父上だからです。今から俺が向かうことを、知っていて欲しかった」

どこまでも真面目で誠実だ。

ここでいくら引き留めても、シリルは必ず辺境へ向かうだろう。

シリルもその覚悟を持って、報告に来たのだ。

「彼女を困らせるようなことは誓ってしません。ただ……顔が見たいだけなんです。誰にも、彼女の居所を話すつもりはありません」

リジーが自分の居所をひたすらに隠すのには、理由がある。

〝あの子〟が生まれたことを、あの儀式の加護を信じる者たちに、決して知られたくないからだ。

だが、リジーを想ってくれているこの人なら、他言しないという約束を絶対に守ってくれると、ドット男爵は感じた。

「……キュリー様を、信じても良いでしょうか。決して、誰にも娘の居所を知らせないと」

ドット男爵は、真剣な眼差しをシリルに向けた。

穏やかなだけではない、ひとりの父親の目だった。

「はい。信じてください、必ず」

シリルははっきりとそう答え、真っ直ぐにドット男爵を見つめ返した。

双子が鉄門越しに馬を見上げ、さきほど抜いた草を食べさせている間、ドット男爵は「少し待っていてください」と言い、早足で屋敷に入った。

そしてすぐに、戻ってきた。

鉄門を開けて、シリルに小さな紙袋を渡す。

「中身は、リジーが子供の頃から使っている軟膏です。あの子は水仕事を続けると手荒れをするので……会えた時には渡してくださいませんか？」

ドット男爵に、リジーに会いに行くことを許されたのかもしれない。

シリルは「必ず渡します」と言って、その紙袋を大切に受け取った。

それから五日掛けて、ついに辺境の地に着いた。

見渡す限りの農耕地は、この国の穀物庫を支えていると言っても過言ではない。

戦争中も国民が飢えなかったのは、広大な一帯を治める辺境伯の手腕だろう。

あちらは小麦畑、こちらは芋だろうか。広大な畑に幾人もの農民が散らばって農作業に励んでいる。

のどかな様子を馬上から眺めながら、この辺境の宿場町を目指す。

その先をもっと進むと、大きな湖があると聞いた。

湖の女神に純潔を捧げられ、加護を得た青年の話をユベールから聞いた。

まさに、あの言い伝えに出てくる湖だ。

「やっと、やっと……会えるのか」

疲れのせいかやたらと目が霞《かす》むが、気持ちは高揚していた。

穀物をここから大量に運び出すためか、宿場町は立派なものだった。

人や馬車の往来も多く、王都とはまた違った活気に溢れていた。

シリルは騎士を思わせる服装をするのはやめて、普段着でここへ訪れた。

リジーに再会した時に、少しでも警戒されないようにだ。

王族が使っていた静養所は、大きな湖の近くにあると行商から聞いた。

そこを使わせてもらえるなら、静養所を拠点にしてリジーに接触していこうと考えた。

時間ならたっぷりある。少しずつ、少しずつ進めていこう。焦って暴走しないよう、そう何度も心の中で自分に言い聞かす。

行商に託した手紙を受け取ったユベールなら、きっとすぐに返事を持たせた者を辺境へと向かわせるだろう。

その者が来るまでは、シリルは静養所を勝手には使えない。

早ければ、きっと明日か明後日には使者がこの宿場町へ来るだろう。

大きな宿場町といっても、何十も宿屋があるわけではないので、王都からの使者もすぐに自分が泊まる宿を見つけられる。

見つかりやすくなるよう、大きな通りに面していて、最初に目に留まる大きな宿屋を訪ねるとすぐに部屋が確保できた。

案内された部屋に荷物を置いて下へ下りると、手の空いていそうな宿屋の者に話しかけ、湖までの行き方を教えてもらった。

太陽はまだ、真上にある。今から湖に行っても、日が沈む前には宿に戻ってこれそうだ。

(リジーが身を寄せる薬師の住まいは、湖の近くにあるらしいと聞いた)

シリルはいても立ってもいられなくなり、休憩も食事もとらず、再び馬に跨り湖を目指した。

宿場町から離れると、再び農耕地が広がる風景が戻ってきた。

ぽつりぽつりと民家も建っている。

馬で駆ける大きな道は、たまに農耕具や作物を積んだ荷車とすれ違うだけだ。

乾いた土埃を巻き上げながら進むと、次第に木々が茂り、緑が広がってきた。

駆ける馬の速度を落とし、ゆっくりとした歩みに変える。

空まで見上げるほどの大木が道の両側に立ち並ぶ道に入ると、眩しい日差しが葉に遮られ、体感温度がさっと下がる。

うっすらと汗をかいていた身体には、それがとても気持ちいい。

爽やかな風が、この並木道の真正面から吹き抜けていた。

「微かに、水の匂いがする……」

どうやらこの先に、湖があるようだ。

そうして並木の先に湖面のきらめきが目に飛び込んできた時――。

シリルは、身体の中でずっとこもり続けていた力が、ふっと抜けていくのがわかった。

馬の踏む足元が、土草から白い砂利に変わった。

馬の足にあまり負担にならないように、シリルは馬体から降りた。

手綱を握り、きょろきょろと辺りを見回して馬を連れて歩きだす。

そうして並木が終わった先には、広く大きな美しい湖が姿を現した。

水は透き通り、湖底に沈む流木や水草が揺れる様がよく見える。

風が水面の上を滑り、ゆらゆら揺れる。

湖面は光を受けて眩しいほどにきらめき、言い伝えが生まれるのにふさわしく神秘的な光景だった。

湖を見渡せるような湖畔には、立派な屋敷が建っていた。きっとあれが、王族の静養所なのだろう。

手綱を握る手に、汗が滲む。

リジーがいるとされる、薬師の住まいもきっとすぐ近くにあるはずだ。

注意深く見回していると、奥の方に木々が拓けた場所があるのに気づいた。

ゆっくりと歩いていくと、一軒の家を見つけた。

窓際の風通しが良さそうなところには、束ねられた乾燥した草が、いくつも並んで吊るされている。

薬品に似た不思議な匂いが、開け放たれたドアから漂っていた。

ちょうど馬を繋げる場所があり、そこに手綱を結ぶシリルの心臓は強く鼓動を打ち始めた。

まだ霞む目を擦り、何度か深呼吸をして、開かれていたドアへ向かう。

一歩店の中に入ると、天井まで届きそうな棚に、大小の薬瓶がずらりと並んでいる。その数に圧倒されてしまった。

作業台と思われる場所には、金属のすり鉢や石臼《いしうす》がある。本棚には分厚い本が並び、ハーブの香りが鼻をくすぐる。

カウンターには薬を入れる小袋や空の小瓶が用意されていて、ここは薬を処方する店なのだとわかった。

ここが、薬師の住まいに間違いない。

しかし、今は留守にしているのか、誰もいないようだ。

カウンターの向こう側には奥に続く廊下が見える。

シリルが意を決して、奥に向かって声を掛けようとした時だ。

人の気配に気づいたのか、その廊下からこちらに向かって足音が聞こえてきた。

誰かが、あるいはもしかしたら――。

目を見開いたシリルの前に、顔立ちから幼さが消え、更に美しくなったリジーが現れた。

豊かな金色の髪を下ろし、動きやすい簡素な服に白いエプロンをつけていた。

リジーはシリルの姿を見て酷く驚き、足を止めてしまった。

「あ、あ……シリル様……?」

自分の瞳に映る人物が、本当にシリルなのか……疑い、あるいはそう願っているように聞こえた。

つきん、とシリルの胸が鋭く痛む。

「……うん。リジー、久しぶりだね」

「……っ、どうしてここに……！」

どうしてなんて、理由は一つしかない。

ただ、リジーにまた会いたかったから。愛おしい顔を見て、好きだと伝えたかったから。

困惑するリジーの様子にシリルは多少傷ついたが、それでも優先するべきなのはリジーの気持ちだとわかっている。

「ただ、ただリジーにもう一度会いたかったんだ」

「あの、戦場から大変な怪我を負って帰還されたようだと……王都から来た人から聞いています。お加減は大丈夫なのですか……？」

こんな時でも怪我の心配をしてくれるリジーに、シリルはもう一歩踏み出したい気持ちを必死に抑えた。

最後にリジーの顔を見たのは寝顔だった。白い肌が桃色に上気したままで、サイドテーブルに照らされた産毛が金色に光ってとても綺麗だった。

それが今、血の気の引いた真っ青な顔でシリルを見ている。

これ以上怖がらせてはだめだ。今日はもう、彼女の生活する範囲に立ち入ってはいけない。

「ありがとう。怪我はまだ完治には時間が掛かりそうだけど、こうやって元気になった」

元気なんて嘘だ。

リジーに会えた瞬間、気を張っていた糸が切れたように、腹や背中の傷がずきずきと痛みだしている。

「でも、顔色が……っ」

『君の方が真っ青だよ』と冗談めかしく流せるほど、シリルは女性との会話を重ねた経験がない。曖昧にしてしまおうと口を開きかけた瞬間――。

くらりとして、視界が真っ暗になった。板張りの床に、がくりと膝をつきそうになるのを何とか耐える。

リジーが駆け寄ろうとした気配を、シリルは大きな手のひらを向けてかろうじて制止した。ぱちぱちと、強くまばたきをして視界を戻そうと試みる。

「……大丈夫。今日は突然訪ねてきて……すまなかった。もう帰るから安心して」

とにかく、リジーに恐怖や危機感を与えて、またどこかに行かれてしまうのが嫌だった。なら自分が我慢すればいい。

ひと目、その姿を生きて見られたのだ。心から望んでいた目的の一つは達成された。

ふらりと、あとずさると、外から女性と子供の声が近づいてくるのがわかった。

ここに用があるお客だろう。驚かせないよう早く立ち去ろうとすると、子供の方が一歩早く店に駆け込んできてしまった。

「……あっ」

足元に頭をぶつけてきた子供が、シリルを見上げた。

「……だめ、お願いします、その子を見ないで！」

リジーの悲痛な声が響く。

彼女の願いなら何でも聞いてやりたいが、遅かった。

艶やかな黒髪を汗でしっとりと濡らした男の子が、シリルをじっと見ている。

——その時生まれて初めて、シリルは自分以外の、菫色の瞳を見た。

男の子は固まってしまったシリルを見上げ、黙っている。

行商から聞いていた通り、確かに自分にそっくりだ。

だけど絹に似た細く見える髪質は、リジー似だと思う。耳の形も、リジーに似ている。

だけど、顔の造形は限りなく自分に近い。

間違いない。この子は自分の子だと、強く確信した。

（……すごいな、初対面なのに胸の奥からどんどん、この子が可愛いという感情が湧き出してくる）

もっとよく見てみたい。触って、その生命のかたちを、この手でしっかり確かめたい。

（いや、だめだ。血涙を流したって、リジーのためには我慢しなくてはだめだ）

それに子供はきっと、すぐに泣きだすだろう。母親が悲痛な声を上げているうえ、こんな大男が立っていたらさぞかし恐ろしいだろうに。

気力を振り絞ったシリルは、慣れない笑顔を必死に子供に向けた。

（さあ、そのままリジーの元へ駆けて行ってくれ）

瞼に男の子の姿をしっかりと焼きつけ、頭を撫でてやりたいと疼《うず》く右手に、脳内で喝を入れ止める。膨らむ色んな感情を殺し、シリルが去ろうとした時。

男の子から、驚く発言が飛び出した。

「だっこ、できる？」

両手を広げ、つま先立ちまでしてシリルに抱っこをせがんだのだ。

予想外の言葉に固まったのは、シリルだけではなかった。

リジーもまた、驚いて動けないでいた。

「だめ、むずかしい？」

今度はぴょんぴょんと、抱っこしてもらおうと跳ねている。

柔らかそうなぷにぷにの頰っぺたが、着地のたびに震えるので、はずみで飛んでいってしまわないか見つめてしまう。

……希望に応えてあげたい。抱き上げて、もっと間近で、しっかり顔を見てみたい。

「……この子を抱き上げても、いいだろうか？」

シリルはリジーの顔を見て、おずおずとお伺いを立てた。

「いいとおもうよ、ぼくはだいさんせいだよ」

男の子は、リジーより先に賛成だと言っている。

戸惑うリジーは、抱き上げていいかと聞いてくれたシリルに胸を打たれていた。

……わかったはずなのに、あの菫色の瞳を見て、子供の父親が誰なのか確信したはずなのに。それでも、リジーの気持ちを気遣ってくれている。

こくりと、リジーは静かに頷いた。

生きて帰ってきてくれた。自分に会いに、傷を負ったと聞くその身体でやってきてくれた。それに対する感謝の気持ちも込めて、覚悟を決めて小さく頷いたのだ。

シリルは、壊れ物でも扱うかの如くそうっと男の子の脇に手を掛け、ゆっくりと持ち上げた。それから、落ちないように自身の身体にしっかりと付けて抱いた。

汗と混じったお日様の匂い、肌から感じる子供の高い体温。

高い視線に喜ぶ子供が腕の中で跳ねるたびに、まるで小鹿でも抱えているような生き生きとした躍動感を覚えて驚く。

生命が元気に勢いよく跳ねている、そう思った。

「……レオン、危ないから暴れちゃだめよ」

いつの間にか側に来ていたリジーがシリルを助けるように、レオンと呼ばれた男の子の背中に手を添えた。

「すっごいよ、てんじょうに、てがつくかも」

レオンがシリルの腕の中で、手を上に伸ばす。

「シリル様は背が高いから、レオンが手を伸ばしたら届いちゃうかもしれないわね」

いくらシリルが高身長でも、そこまでではない。

けれど、楽しげなレオンの言葉を否定しないリジーに、シリルは深い愛情を感じた。

たくさんの愛を込めて、この子を大事に育ててくれている。

その事実に、鼻の奥がつんと痛くなった。

もう少しだけ……ほんの少しなら、二人とまだ一緒にいてもいいだろうか。

その時だ。シリルは外から、聞きなれた騎士団員の声と一頭の馬が砂利を踏んでやってくる足音に気づいた。

もしかしたら、ユベールからの手紙を持たされた者が来たのかもしれない。

シリルは胸に抱いていたレオンを、慎重にリジーに預けた。

「……二人は、奥に隠れて。俺がここを立ち去るまで絶対に出てきてはいけないよ」

「えっ……？」

物理的な距離が近くなった二人は、目を合わせた。

そうしてシリルは「ありがとう」とリジーに小さく告げてその背中を押し、すぐに隠れることを促した。

リジーがレオンを連れてすぐに奥へ隠れると、店内に若い男が入ってきた。その後ろから、中年の身奇麗な女性もやってきた。

若い男は、見知った騎士団員だった。

シリルを見つけたと、団員は表情を明るくした。

「良かった、見つかった！　宿屋の者が団長らしき人が湖の場所を聞いてきたって言ったので、一か八かでしたが来てみて良かったです」

やはりユベールは、すぐに手紙の返事をくれたようだ。

女性はシリルの顔を見て、微かに目を見開いた気がした。

「……あら、いらっしゃい。ごめんなさいね、帰ってきたらこの辺りでは珍しい若い騎士様がいたから、つい色々と話し込んでしまって……お客さんに気づかなかったの」

そんなわけはない。シリルが乗ってきた馬が繋いであるのだから、誰か来ているのは一目瞭然だった。

けれどシリルは、その女性の話に合わせた。

「すみません。薬が欲しくて訪ねたのですが、貴女をもっと探せば良かった」

「いいのよ。ところで、うちの留守の者はいなかった？」

シリルを捉える女性の瞳は、何か探っているようにも見える。

「……いいえ、いませんでした。子供がひとり飛び込んできましたが、そのまま……あの奥へ行ってしまいました」

カウンターの向こうを指差すと、女性は「そう」とだけ返事をした。

その横から、騎士団員が声を掛けてきた。

「やたらすばしっこい子供ですね。自分も後ろ姿だけは見ましたが、あっという間に駆け足で行ってしまいましたもん」

この団員は、あの子供の顔は見ていない。

心からほっとすると同時に、冷や汗が急に流れだした。

「団長、具合が悪いのですか？　あれだけ医務局の先生たちに無理するなと言われていたのに……！」

「……あっ」

かくりと膝が折れて、その場に座り込んでしまった。

慌てた騎士団員がシリルの身体を支えようとすると、すぐに熱い熱いと騒ぎだす。

女性は手を布で拭い清潔にしてから、シリルの額に触れた。

「これは熱が相当高いわ、今薬を用意するから」

女性が素早く棚からいくつかの瓶を手に取るのを見て、シリルは声を上げた。

「いや。すぐに帰ります。薬はあとで取りに来ますので……」

とにかく早く、リジーとレオンのために騎士団員を連れて立ち去らなければいけない。

「馬に乗るのを手伝ってくれないか？　宿まで戻りたいんだ、君に付き添いをお願いしたい」

若い騎士団員は、シリルから頼られて嬉しいのか、張り切って力の抜けた身体を支えて立たせた。

シリルは歯を食いしばりながら、くずおれそうな足に無理やりに力を入れる。

カウンターから奥へと続く廊下を名残り惜しそうに、密かにちらりと見る。

そこからは物音など一つも聞こえなかったので、シリルは安心した。

三章

シリルの子供を身ごもっているとわかった時。

リジーは喜びと、どうしようもない罪悪感を同時に抱えることになった。

『弾が当たらない』なんてユベールは戯言《ざれごと》だと呆れていたけれど、まだそれに意味を持たせたい人に妊娠を知られたら、大変なことになる。

お腹の子供の生命を、生まれる前にどうこうするつもりは全くなかった。

罪を負うなら自分だけ。子供には全く関係がない――この考えは、リジーの行動する時の指針になり、何をするにも迷わなかった。

両親に妊娠を告白し、侍女を辞めて一度生家に戻った。

このまま領地での出産を考えたが、王都までの距離に不安を覚える。

たった一日で移動できる距離では、いつリジーを知る者に妊娠や出産を知られるかわからない。

とにかく絶対に、生まれてくる子供の存在を知られるわけにはいかなかった。

父はそんなリジーの不安をなるべく軽減するために、できるだけ安心して身を寄せられる場所を探し始めた。

遠くにやってしまったら、娘が困った時に自分たちがすぐに助けることができない。けれど、この地での出産を不安がっている。そんな状態で、びくびくしながらの子育てを気の毒に思った。

日々、少しずつお腹は大きくなっていく。外出は控えているが、そのうちに領民の中にもリジーの変化に気づく者が出てくるかもしれない。

残暑がまだ残る頃、父はある手紙を出した。

宛て先は植物や薬草などの勉学を昔同じ師に仰いだ女性で、今は独身のまま辺境で薬師をしている人だった。

以前は城の医務局で働いていたが、ある日突然退職し辺境へ越してしまった。

それでも長い間ずっと、今でも薬草に関して情報のやり取りをしている。

父は口が堅く信用の置ける彼女なら、もしかしたら話だけでも聞いてくれるかもしれないと、秘密を打ち明けた手紙を書いたのだ。

妊娠した娘を本人の希望で、王都の人間には知られずに秘密裏に出産させたい。

出産予定は、冬が深まる頃。

娘がひとりで子供を産み育てられる環境を探している。できれば、たまに様子を見てくれる協力者を探している、と。

その手紙の返事は、予想よりもずっと早く届いた。

辺境の薬師は自分ひとりでは忙しく、手伝いが欲しい。

独りで暮らしている住まいには余っている部屋もあり、静かな湖の畔にあるので赤ん坊がいくら泣いても気にしなくてもいい。

薬草の知識が身につけば、女性ひとりで生きていくのにも大いに役立つことだろう。

ドット男爵の娘なら、こちらは預かるのも構わない。

……が、住まいのすぐ目と鼻の先に、王族所有の静養所が建っている。ここ十年は使われていないが、これからも使われないという保証はないという。

城に働きに出ていたリジーを知る者が、いつやってくるかもわからないと。

理由はわからないが秘密の出産、子育てに都合が悪くなければ、いつでも迎え入れると書き添えてある。

父は昔、この湖にリジーを連れていったことがあった。

珍しい薬草に関する貴重な古書を、この女性の元に数冊届けたことがあったのだ。

あの時も確か静養所があったのを覚えている。

てっきり、もう王族が手放し、違う人間の手に渡っていると思っていたのに。

この湖の静養所が使われなくなった理由は、もっと王都から近い場所に新たな静養所を建てたという簡単な理由だ。

湖の静養所は静かで風景も美しいが、何せ王都から湖までの移動にかなり時間が掛かるし、娯楽が極端に少なかった。

王族の足が遠のいた静養所だが、今でも使用人がしっかりと管理しているらしい。

父はとても悩んだ。

信頼できる人が預かってくれると言ってくれているのに、住まいのすぐ側に王族所有の建物がある。

危うさを完全に否定することができない。

迷い、リジー本人の意見も大事だと、父はリジーに手紙の話をした。

手紙を父から渡されて読んだリジーは、ここに行こうとすぐに思った。

ユベールに初めて『儀式』の話を聞いた蔦の間に、この湖の絵が飾られているのを見た。

加護を与える女神が住まう湖、昔見たことのある大きな湖だ。

(……ここで暮らせたら、毎日、シリル様のために女神に祈ることができる)

もし静養所に王族が来たとしたら、その時はその時だ。

王族に見つからないように、子供を抱えて隣国へ逃げよう。

辺境からなら、逃げるのにそうたくさんの時間は掛からない。

手紙を父に返し、あまりお腹が大きくなく動けるうちに辺境へ向かいたいと頼んだ。

儀式の報酬の一部を、お世話になるための礼金として用意もした。

こうしてリジーは、辺境の地へ身を隠すことになったのだった。


シリルと再会した翌日、静養所に誰か来ているらしいと、この辺りで噂になった。

王族は何台もの馬車を連ねてやってきたが、その人はお供をひとりだけ連れて馬でやってきたと。

そのお供も、今朝早くに馬に跨り帰っていったらしい。

この辺りはお年寄りが多く住まう。朝が早くおしゃべりが好きで、情報が回るのも早い。いつも店が開く前から、湖を散歩しながら数人が情報交換をしている。

リジーがそんな噂話を聞いたのも、薬草を使った胃薬を買いに来たお年寄りからだった。

この店はとにかくやたら胃薬の種類が多く、そして評判もいい。

「あそこに王都から人が来るなんて、久しぶりなのよ。最後はいつだっけ……忘れちゃったけど、とにかく久しぶりなんだから」

忘れっぽくて嫌ねと、お客が笑う。

「……どんな人が来ているんでしょうね」

胃薬を渡しながら、頭には昨日のシリルの姿を思い浮かべていた。

「あとで誰かに聞いてみるわ。きっと誰かがすぐに話を聞いてくるもの」

「じゃあまた今度、わかったら教えてください」

お年寄りをドアの外まで送り、ほっと息をつく。

奥の部屋では薬師の女性、ラナが調べ物をしている。

レオンはラナと同じ部屋で、最近好きなお絵描きをして大人しくしているようだ。

店番をしていたリジーは、お客の途切れた今、大きなため息をついた。

昨日、突然目の前に現れたシリル。

レオンを抱き上げて、鼻の先を赤くしていた。

それから騎士団員にリジーとレオンが見つからないようにと、奥の部屋へ隠れるように言ってくれた。

リジーはレオンを抱えながら耳を澄ませ、神経を尖らせて店から聞こえる会話を聞いていた。

どうしてシリルは、自分たちを隠してくれたのか。その気になれば、女と子供くらいなら、団員とふたりがかりで引きずり出すことも……。

（ううん。シリル様は、そんな強引なことをする人ではない。優しい人だもの）

ラナの話に合わせるように、会話をするシリルの声に目頭が熱くなる。

あの時、シリルは実はかなり熱が高い状態で、相当つらかったに違いないと聞かされた。

それでも、熱冷ましの薬を受け取る時間も惜しいとばかりに、騎士団員を連れて店を去った。

二人が馬で並木から帰っていくのを見届けたラナは、そのあとすぐに奥の部屋へ様子を見に来てくれた。

妊娠の詳しい経緯は話していないが、レオンの父親はシリルだと……ラナにもわかったのだろう。

レオンの前では泣きだせないリジーの背中を、ラナは何度も優しく撫でた。

そんなふうに昨日のことを思い出しながら、リジーはここから離れることを考えていた。

話したわけではないから、シリルがどうして隠してくれたのかわからない。

明日になったら誰かを連れてくるかもしれないし、リジーに会えたからと……王都へ戻る可能性もある。

キュリー家はシリルの兄が家督を継ぐとシリルから聞いている。

なら跡継ぎは必要ない。キュリー家にレオンを取り上げられることはないだろう。

こわいのは王族、あの『儀式』に関わった人間に、レオンの存在を知られることだけだ。

戦争は勝利して終わった。

しかし、大勢の命を失ったことは事実で、シリルは大怪我を負ったと聞く。

また、女神からの加護は戦争時だけに限ったものではないと聞いた。他国からの侵略、天災、飢饉《ききん》……そういった災いからも国を守るとされている。

儀式が失敗したのか成功したのかは、関わった王族が勝手に決めるのだろうけれど……。

今の状況を、どう捉えられるのか。儀式では加護を受けられなかったのだと決めつけられてしまったら。

（私のせい、子供ができたせいだと、責められる可能性は否定できない。見つかって罰を受けるなら、私だけでいい。絶対にレオンだけは守る……）

最小限の支度をし、夜が明ける前にレオンをおぶって宿場町まで行ければ、隣国への乗り合い馬車が出ている。

今夜か明日中にはここを立つか、結論を出さなければいけない。

心が暗く沈み始めると、ぼうっとしていた体に小さな衝撃を受けた。

「わっ、びっくりした」

「おかあさん、あんまりうまくかけない～」

いつの間にかレオンがやってきて、足にしがみついてきた。

手には紙と、鉛筆が握られている。室内遊びをする時、いつも好んで絵を描いている。

「今日は何を描いたの？」

「きのうあった、おおきなひと」

ぐいぐいと押しつけられた紙を広げると、紙面いっぱいに大きな丸を組み合わせた何かが描いてある。

一番端の丸の中に二つの点が書いてあり、その間に棒が縦に引いてある。その下には、横に棒線が引かれていた。

(これは、多分顔ね。おおきなひとって、もしかして)

「おおきなひとって、もしかして昨日レオンを抱っこしてくれた人……?」

ほぼそうだろうとは思いつつ、確認してみた。

レオンは「そう!」と叫んで、その場で何度も飛び跳ねた。

二歳を過ぎたレオンは、とにかくあちこち駆け回っている。

体力のすべてを身体を動かすことに使い、ばたりと倒れて昼寝をし、回復するとまた駆け回る。

そんなレオンを見て、リジーはこっそりと体力的なものも遺伝するのかと考えていた。

レオンの父親、シリルは騎士団長にまでなっただけあり、健康で体力もとてもある。

「こら、お店でバタバタ跳ねちゃだめって約束したでしょう?」

「あっ」と、レオンはしまったという表情を浮かべて、けなげな様子で再びリジーの足にしがみついてきた。

「……ごめんなさい」

消え入りそうな声で謝る小さな子供の頭を、リジーは優しく撫でた。

遊びたい、動きたい盛りの子供に、大人しくしていろというのは酷なことだとはわかっている。

かと言って、レオンひとりで湖の側で遊ばせるのはとても危ない。目の届かない森などは論外だ。

仕事があるため一緒に遊んであげられないのも、申し訳ないと感じている。

その代わりといってはなんだが、レオンの絵は思い切り褒めるようにしている。

「この絵、よく描けているわ。昨日会った人……シリル様だって、すぐわかったもの」

「ほんと?」

「うん。この、しゅっとした鼻の感じとか、そっくりよ。レオンは天才だわ」

縦の棒を指差すと、レオンはくすくすと嬉しそうに笑いだす。

「すぐちかくでみたよ、びょんってしてた!」

(鼻が、びょん?)

子供らしい擬音を駆使するレオンが可愛くておかしくて、リジーも笑いだした。

不思議な気持ちだ。レオンに父親に関する話をするのは、彼が物事の分別がつくようになってからだと想像していた。

父親がどんな人かと聞かれたら、名前や役職は伏せて、顔立ちや優しく誠実な性格のことなどを話そうと考えていた。

けれど昨日、レオンはシリルに会ってしまった。

その姿を見て、触れ合い、どう思ったのかを幼いなりに絵に描き、言葉でリジーに伝えてくれる。

「そうね、シリル様のお鼻は高いものね」

「あとあと、おんなじだったの」

「同じ？」

「め、めのいろ。ぼくといっしょ」

曇りのない、無邪気な菫色の瞳がリジーを見上げる。

リジーはしゃがみ、レオンと目線を合わせた。目頭が熱くなって、可愛い我が子の顔が微かにゆらゆらと揺らめく。

「神様が……レオンにプレゼントしてくれたのよ。きっと、レオンもあの人みたいに背が大きくなるわ」

背だけじゃない。顔立ちも、爪の形も、レオンはシリルの生き写しのようだ。

レオンは生まれた時から大きな赤ん坊だったけれど、シリルもそうだったのかもしれないと……リジーは思いを馳せていた。

その日の午後だった。湖から少しだけ離れたところに住む母子が、散歩がてらに湖までやってきた。

リジーと母、レオンと子供の年が近いので、店にお客がいない時には挨拶に寄ってくれるようになっていた。

軽い世間話などしながら子供同士を遊ばせていると、メイド服を着た女性が足早に店に入ってきた。

ひと目で、あの静養所から急いで来たのだとわかった。

「すみません、先生は、先生はいますか？」

緊迫した様子に、リジーはすぐにラナを呼びに奥へ行く。

子供たちはその様子を怯えたように黙って見ている。

ラナが奥からやってくると、女性が頭を下げたが、よく見ると顔が真っ青だ。

「どうしました？　何かあった？」

「静養にいらしている方なのですが、昨日から熱が高くて。それに、身体中の傷も酷いんです……！」

その言葉に、リジーはすぐにシリルのことが頭に浮かんだ。

「意識はどう？　ぐったりしてしまっている？」

「はい、目覚めたり眠ったりを繰り返していて、たまに悪夢でも見ているのか飛び起きたりを繰り返しています」

「私は薬師で医者ではないから、本物のお医者様がいらっしゃるまでの繋ぎだと思って欲しい。リジー、すぐ静養所に向かう用意を始めて」

緊迫した雰囲気の中で、咄嗟にリジーはレオンを見た。

レオンにひとりでは留守番をさせられない。リジーが店に残ったら、静養所でラナの手伝いはできない。

もっと以前に急患があった時には、リジーはレオンをおぶって対応した。

けれどもう、二歳のレオンをおぶっていくのは難しい。

働くこと、子育てをすること。どちらもここで生きていくのに大切なことなのに、こんな場面ではどんどん難しくなっていく。

そこに声を上げたのは、遊びに来ていた母子だった。

「リジー、レオンはうちで預かるよ。このまま連れていくから安心して」

「れおん！　いっしょにいこう、うちであそぼう！」

ありがたい申し出にリジーは一瞬迷ったが、今回は遠慮なく甘えることにした。

「ありがとう……！　助かります」

「いいのよ、母親同士だもん。心配しないで行ってきて。レオン、行くよー！」

リジーを安心させるように母親はニコッと笑い、両方に子供の手をしっかりと繋いで素早く店を出ていった。

友達の家に訪問する嬉しそうなレオンの背中を見送って、リジーは気持ちを切り替えた。

ラナに指示された薬を、移動用の鞄に次々と詰めていく。包帯、消毒液もたくさん用意した。

「先生、用意できました」

「では、静養所まで急いで行こう」

二人はメイドのあとについて、店を飛び出した。

初めて訪れた静養所として使われている屋敷では、使用人たちがそわそわとラナたちの到着を待っていた。

玄関ホールでは、屋敷の管理や使用人を取り仕切る執事長も待っていた。

湖の畔で暮らし始めて数年だ、屋敷の使用人の誰もがリジーとも顔見知りになっていた。

黙って会釈をして、ラナのあとについていく。

執事長に案内された部屋に入る。絵画や調度品などが品良く飾られた格式の高い部屋には、似つかわしくない血の匂いが微かに漂う。

天蓋付きのベッドの上で、シリルが滝のように汗を流しながらうなされていた。

リジーはその様子に、血の気が引いた顔でひゅっと息を呑んだ。

「……確かにこれは酷そうだ。お医者様は呼びに行ってる？」

「はい。しかしなかなか呼びに行った者が戻ってこないのです」

「戦場から帰ってきた負傷兵が多いから、お医者様もいまだ手が回らないのだろう。持ち場から離れられないのも無理はない」

終戦から数ヶ月は経ったが、負傷して戻ってきた兵たちは今も苦しんでいた。

自分の住まう領土に帰り、それぞれに治療に励んでいるが、医者不足が問題として浮き彫りになってきている。

今は医者の資格を持たない薬師にまで、救いの手を求める者があとを絶たない。

ラナは薬師だが医者のように縫合や処置もできたので、この辺りでは重宝されていた。

「お医者さまが来るまで、自分たちができることをやろう」

ラナはベッドの側に寄り、シリルの顔を覗き込んだ。

シリルは人の気配で目を覚ました。うっすらと目を開けているが、少しの間は誰がいるのかわからなかったようだ。

「……あ、昨日の……」

「薬師ですよ。昨日、あのあと熱冷ましを取りに来られなかったので、お届けに参りました……起きられますか？」

ゆっくりとした動作で、シリルは身を起こした。

生成の薄いシャツに、うっすらと血が滲んでいる。

「……あっ」

驚いて声を上げてしまったリジーの姿を見つけ、シリルも「あっ」と驚き狼狽えた。

「薬だけ、薬だけ頂けたら大丈夫です。俺は丈夫なので」

「けれど、シャツにまで血が滲んでいます。熱の原因はきっと傷からきています、そちらの処置も早くしましょう」

「いや、いいんです。そのうちまた塞がります。それに、見て気持ちの良いものではないですから」

シリルは眉を下げて、目を伏せた。

けれど、ラナは『わかりました』とそのまま薬を置いて帰る性格ではなかった。

「リジー、治療鞄を持ってきて。この方の服を脱がせるのを手伝って」

冷静なラナの指示に、さっき声を上げてしまった時間をリジーは恥じた。

「はい、すぐに手伝います」

すぐにシリルのいるベッドの側へ行き、声を掛ける。

「先ほどはすみませんでした。ラナ先生に一度傷口を見せてください」

「君が傷を見たら気分を悪くしてしまう、だから大丈夫だから」

「私はもう平気です、シリル様の傷を治すのを、私にも手伝わせて欲しいんです……！」

シャツのボタンを外そうとするリジーの手をシリルは握って止めた。

「けど……」

「大丈夫です……信じて」

その言葉に、シリルは手を離して頷いた。

二人がそんなやり取りをしている間、部屋にはラナの指示で、ぬるま湯や清潔な布が使用人によって運び込まれていた。

リジーが手伝い、シリルがシャツを脱ぐ。身体中に巻かれた包帯のあちこちに、血が滲んでいた。

ラナとリジーが二人がかりで包帯を取ると、戦場で負った壮絶な傷跡、まだ血を流す傷口がシリルの腹や背中にいくつも残っていた。

引きつれたまま塞がっていたり、変色しながら血が止まらない傷口もある。

ラナもリジーも、一瞬言葉を失ってしまった。

「これは相当痛かったろうに……よく王都からこんな辺鄙な場所まで、その身体で来たもんだ。ああ、この縫い方は医務局の人間のものだな……さすがに綺麗だわ」

息を呑むリジーだったが、さっき信じて欲しいと言ったばかりだ。

「ラナ先生、傷口を一度洗いますか？」

腹に力を込めて、自分を落ち着かせた。

「そうね。血膿を全部洗い流して、開いたところは縫い直そう。一度戻って、麻酔薬と縫合の道具を持ってきてくれる？」

「はい、すぐに戻ります」

走り出すリジーと入れ替わりに、ラナは傷口の洗浄を使用人にも手伝ってくれるようにと頼んだ。

頭が真っ白になりながら、リジーは走る。

酷い、とても酷い傷だった。深い切り傷、火傷……。塞がったものもあれば、開いたまま変色しているものもあった。

あの身体を見ただけで、どれだけ戦場が悲惨な場所だったたか、リジーは十分に理解した。

流れ出た涙は止まらない。

屋敷に戻る前にはしっかりと涙を拭くから、今だけはこのままで許して欲しいと願って涙を流した。

店に戻り、ありったけの包帯と消毒液、麻酔薬と縫合の道具を、もう一つの治療鞄に詰め込んだ。

踵を返して急いで屋敷に戻ると、シリルの身体の傷は洗浄を終えていたようだ。

血とお湯で汚れた布でいっぱいになった桶を抱えて、メイドが部屋から出てきた。

リジーは会釈をし、入れ替わるように部屋へ入った。

「お待たせしました」

ベッドの上では、傷口を洗われたシリルがいて、ラナは傷一つひとつの具合を見ていた。

「数ヶ月経っても完全に塞がらない……体力がだいぶ落ちているんだろうね。無理しすぎだ。せっかく生きて帰ってきたんだから、身体を大事にしてくれ」

ただ頷くシリルに、ラナはうつ伏せになるよう指示を出した。

「リジー、この一番酷い傷口から縫い直そうか。感染症を起こしている、多分発熱の原因もこれだろう。話を聞いたら、騎士団長様は身体を貫かれたそうだ」

「貫かれた……？」

「内蔵は傷つかず済んだらしい。運の良い団長様だ……毎日祈った甲斐があったな」

ちらりとラナはリジーを見る。

リジーは唇に指を当て、これ以上は言ってはだめだとラナに黙って訴えた。

シリルはラナにされるがままでいる。しゃべるのも、もうつらいのだろう。

麻酔を施しぐずぐずと開きかけた傷口の抜糸をし、新たに縫合をしていく。手際のいい仕事に、見守っていた執事長や使用人は見とれているようだ。

すべての再縫合が終わった。まだ血が滲みそうだが、その上から軟膏を塗って清潔な布を当て、包帯を巻き固定した。

次から次に浮いてくるシリルの額の汗を、リジーが拭う。

目を閉じているシリルはそのたびに目を開け、自分のために尽くしてくれるリジーの顔をじっと見ていた。

リジーもまた、シリルを見つめていた。

すっかり陽も傾いた頃、宿場町の更に向こうから、使用人がやっと医者を連れて戻ってきた。

どうやら連れてこられた医者とラナは知り合いらしく、処置を詳しく説明している。医者はそれを聞き、飲み薬の調合を素早く始めた。

その薬を水と一緒に飲ませると、シリルはあっという間に深い眠りに落ちた。

「鎮痛と、鎮静剤も使ったよ。話を聞く限り、この人はベッドにでも縛りつけておかないと傷口が塞がらない……それに」

医者の言葉に、ラナが続いた。

「やっぱり、団長様も戦場の悪夢にうなされているのかもしれませんね。心が深く傷つくと、如実に身体に影響が出る」

「ああ。戦争から帰ってきた奴は皆、今、その記憶にも苦しめられている。正気を保って生きて戻ってきただけでも十分すごいよ」

戦場へ派遣された医者や看護師、衛生兵たちも、生きて戻ってきた人間は心に傷を負っていた。

不自然なほどに深い眠りについたシリルを見守りながら、リジーの胸はぺしゃんこに潰れそうになっていた。

医者はそのまま、今夜は静養所に泊まるという。帰るラナとリジーには執事長が店まで送ると申し出たが、「すぐそこだから」と丁重に断った。

屋敷を出た頃には、西の空は一面の茜色に染まっていた。

「……ラナ先生、お疲れ様でした」

「リジーも。酷い状況にも、随分慣れてきたみたいだな」

この辺りでも時々、思わぬ事故で怪我をする人がいる。そんな人たちが医者に診てもらうまでの応急処置として、薬師の店に駆け込んでくることもあるのだ。

湖の水面は、空の色を映している。もう一つの空のように、雲まで浮いて見えた。

「……騎士団長の元へ、これから毎日通うことになる。ある程度回復するまでだけど、それをリジーに頼んでもいい？」

実際、ラナが毎日往診するのは難しい。薬の調合や急患の対応はラナにしかできない。傷口の具合を観察し、軟膏を塗り包帯を巻き直すのをリジーにお願いしたい、とラナは言う。

リジーはシリルに見つかったことで、ここから逃げ出そうかとも考えていた。

しかし今は、まだまだここにいたいと思ってしまっている。

シリルの身体の傷が塞がるまで、熱を出さなくなるまではお世話をしたい。

レオンを守りたい自分と、シリルを放っておけなくなってしまった自分。

矛盾する二つの心の間で、リジーは酷く揺れ動く。

（……今以上に気を張って、注意深く生活して……少しでも変化があったら、その時は迷わずにレオンを連れてここをすぐに去ろう）

――それまでは、シリルの傷を癒やす手伝いがしたい。

「わかりました。大丈夫です、やります」

言い切ったリジーの瞳は、西の空の色を映した湖と同じ色に見えた。

「昨日、レオンを連れて薬を届けに行っただろう？　帰ってきたら、立派な馬が繋いであって。嫌な予感がしてレオンが走りだしたのを追いかけたんだけど、あとから騎士団員がやってきてしまって」

昨日、その団員の声だけは奥の部屋にも聞こえていた。

「……シリル様が、自分が出ていくまで奥の部屋から出るなと言って、隠してくれました」

「王都から来たであろう団員の足止めに精一杯で、店の様子がわからなかったけど……団長様がリジーの事情を察してくれて良かった。すぐにでもリジーたちを連れていく、行かないなんて二人がレオンの前で揉めていたら大変だと、内心ヒヤヒヤした」

ラナはそう言って、栗色の髪を耳に掛けて笑った。

「……ただ、会いたかったと言ってくれました。優しい人なんです」

ふたり分の、じゃり、じゃり、と水際の砂利を踏む音だけがする。

「……レオンが優しいのはリジー譲りかと思ってたけど、父親似でもあったんだね」

ラナの言葉に胸が詰まり、また涙が滲みそうで、リジーは湖のうんと向こうに視線を投げた。

「黒髪も、顔も、瞳の色も……レオンは父親似でした」

「じゃあ、この辺りで一番の美男子に育つな。それは楽しみだ」

その言葉に、リジーは思わずふふっと笑いだす。

そんなリジーを、ラナは安心した表情を浮かべて見ていた。


翌日の午後、リジーは治療鞄を持ってひとりで屋敷を訪れた。

執事長や使用人に挨拶をし、シリルの使っている部屋に案内してもらう。

「こんにちは、お加減はいかがですか？」

ベッドの中で、シリルはうつらうつらしているようだった。

執事長から、医者が帰る間際にもう一度鎮痛と鎮静剤を処方したと聞いた。

「眠りにつく時の、突然真っ暗な穴に落ちる感覚には……まだ慣れないみたいだ」

きっとそれは鎮静剤のせいだろう。薬の効果が切れれば、その感覚もなくなるはずだ。

「お医者様は帰ってしまわれましたから、夜からは鎮痛と熱冷ましのお薬だけです」

「ああ、じゃあもう、穴には落ちなくて済むんだ」

「そうですね。きっと大丈夫だと思います」

シリルが嫌がる、穴に落ちる感覚がもう現れないようにと祈るしかない。

リジーの手伝いにと、メイドがついていてくれる。二人でシリルの身を起こし、包帯を解いていく。

見た限り、血みどろだった昨日よりはマシに見えたが、それでもまだ傷口は赤く熱を持っていそうだった。

一日くらいじゃどうにもならないと頭ではわかっていたが、リジーの表情は少し曇ってしまった。

汗をかいた上半身を、濡らした布で傷口を避けながら拭き上げていく。

あと二、三枚布が欲しいとリジーが頼むと、メイドはすぐにそれを取りに部屋を出ていった。

ふたりきりになった部屋で、最初に口を開いたのはシリルだった。

「……今のうちに、そこのサイドテーブルの引き出しを開けてみて」

「えっ」

「ほら、早くしないとメイドが戻ってきてしまうよ」

そんな風に急かされて、リジーはシリルの身体を拭く手を止めた。

すぐ側にサイドテーブルがある。

引き出しの取っ手に手を掛けながら、一度シリルを見た。

「大丈夫。怖い物は入っていないよ」

言われるままそうっと開けてみると、ぽつんと一つ、小さな紙袋が入っていた。

取り出して触ってみると、袋越しに何かガラスの質感がする。

「開けてみて、リジーの知っているものだから」

緊張しながら紙袋を開けてみると、中には小瓶に詰められた懐かしい緑色の軟膏が入っていた。

頭の中で、一気に昔の思い出が蘇る。

「……っ！　これは、お父様が作ってくれる軟膏です。どうして？」

わぁっと子供みたいに表情を明るくしたリジーを見て、シリルはふっと笑った。

「君に会いに行くと報告したら、『リジーに渡して欲しい』と言って俺に託してくれたんだ」

微笑むシリルに、リジーは心底驚いた。

「私の、私の生家に行ったのですか……？」

たんだ」

「俺が城に戻った時には、もうリジーは侍女を辞めていなかったから。殿下から聞き出したんだ」

「お父様はっ」

「お父上は、最後までリジーの居所を決して言わなかった。俺はたまたま、似た人が辺境にいると行商に聞いて……お父上に、誰にも君の居所を知らせないと約束して、そのままここに飛んできたんだ」

もうメイドが帰ってくるかもしれないのに、リジーの瞳からはぽろぽろと涙が溢れ、止まらなくなっていた。

父は約束を守ってくれていたし、シリルは『似ている人がいる』という情報だけで、傷を負った身体で辺境まで来てくれた……。

「……そんな、そんな酷い怪我で、こんな遠いところまで……っ」

「リジーにもう一度会えるなら、俺はどこへだって行けるよ」

柔らかな頬に伝わる涙を、シリルは腕を伸ばして指先で拭っていく。

「……リジーこそ、大変だったろうに」

リジーは、もう言葉が出なかった。自分の気持ちは、あの城でシリルに恋したままなのだと、痛いほど今思い知っている。

「シリル様が、生きて帰ってきてくれて……本当に良かった」

直接言うことはもう、今世では叶わないだろうと心の奥にしまっていた気持ちを、喉から絞り出してシリルに伝える。

「リジーが俺を守ってくれたからだ。俺はいつ死んでもおかしくなかったけれど、リジーの顔をまた見るまでは死ねないと……君の存在がそう思わせてくれていたんだ」

思わずその胸に縋りつきそうになった時、入室を知らせるメイドのノックで一気に現実に引き戻された。

近くなっていた距離を離し、リジーは袖で涙をごしごしと拭い、紙袋を診療鞄にしまい「どうぞ」と返事をした。


リジーが帰ってしまうと、シリルの楽しみはもうない。

医者やラナからは、動き回るなときつく言われているので、散歩、ましてや乗馬などは絶対にできない。

窓の外に夜の帳《とばり》が降りる頃、ドアの向こうから、カラカラとワゴンが押されてくる音が聞こえてきた。

そしてすぐに、ドアをノックされた。

「キュリー様。夕食を運んでまいりました」

執事長は部屋に入り、テーブルにワゴンを寄せると、てきぱきとセッティングを始めていく。

ベッドから身を起こす。

まだカーテンの閉められていない窓、その向こうには湖と、それからリジーが暮らす薬師の店が見える。

「執事長は、あの娘が……リジーが薬師の元に来た時のことは覚えていますか?」

そう問うと、執事長は手を止めずに「ええ」と答えた。

「ここに来て、リジーが困ったとか、そういうのはなかった?」

執事長は手を止めて、シリルの顔を見て考えている。

「それは……キュリー様がリジーさんと顔見知りだから、過去を知りたいということですか?」

「正直に言えばそうだ。戦場に行っている間、俺はリジーを近くで守ったり助けたりはできなかったから」

「もし……リジーさんがつらい目に遭っていたなんてことを知ったら、キュリー様もおつらくなるんじゃないでしょうか」

だから、聞かない方がいいというのだろうか。

「ここで、何かあったのか……?」

執事長は、首を横に振る。

「いえ、例え話です。わたくしが知る限りでは、騒ぎになるようなことはありません」

ほっとはしたけれど、それでも表に出ない苦労は数多あっただろうと思う。

それを想像するたびに、胸が潰れそうになるのだ。

「……リジーさんはここに来てから、早朝に必ず湖に向かって祈っています。近所の老人が理由を聞いたら『生きて戦場から帰ってきて欲しい人がいるから』と。きっと恋人が戦場に行ってしまい、身ごもりながら辺境までやってきたんだろうと……皆はそう考えていました」

身なりは質素だが、隠し切れない品がある。きっとどこぞの訳あり令嬢なのだろうと囁かれていた。

だが、毎朝湖に向かい、砂利に膝をつき、静かに祈る姿はこの辺りの住人の胸に響いた。

次第にリジーに声を掛け、気に掛ける住人が増えていった。

「リジーさんが産気づいた時などは、それはもう皆が落ち着かない数日を送りました。何せなかなか赤ん坊が生まれない。やっと生まれた子は、とても大きな男の子でした」

「赤ん坊は、そんなに大きかったのか？」

「昔から産婆をしている者が取り上げたのですが、今までで一番大きかったと言っていたそうです。わたくしどもも薬師の店は普段から利用しますから、滋養のあるものなどを差し入れに行きました」

大変な時に側にいてあげられなかった。

あの時――。

儀式のあとで眠る彼女を起こし、ひと言、帰りを待っていて欲しいと勇気を出して伝えていたら。

けれど、リジーは自身の力で未来を切り開いていた。

「……執事長、教えてくれてありがとう。聞いた話は、死ぬまで大切にする」

「ええ、そうしてください。早く傷を治して、元気になって長生きしてください」

それと……と、執事長は付け足した。

「リジーさんは、湖の伝説を間違って覚えていました。王都方面では、少々変化して伝わっているようですね」

「違う……？　確か、湖の女神が青年に純潔を捧げて、加護を与えたと聞いているが」

執事長は、やっぱり、という顔をした。

「本当は、逆なんです。青年が自分の童貞を捧げて、女神の加護を受けたのです」

「何だって……？」

どうやって言い伝えの内容が変化したのかはわからないが、シリルはリジーに童貞を捧げた。

ただの言い伝え、かたちだけの儀式だと思っていたが、自分は本当に女神のようなリジーから加護を受けたのかもしれない。

「リジーさんがあまりにも真剣に祈っているから、訂正するのは野暮だと思い、そのままにしています」

いつか、正しい内容を教えて上げてください。

執事長はその重要な役割を、シリルに託した。


まだ夜が明け切らない早朝。

シリルはベッドを何とかひとりで這い出し、窓辺から外を見ていた。

静かな青い光が湖に薄いベールを掛ける中、湖畔の薬師の店から誰かが出てきた。

（……リジーだ）

リジーは湖の近くまで来て、膝をついて祈りを捧げている。

絵画を切り取ったような神聖な光景に、シリルは自分の頬にひと筋の涙が流れるのを感じた。

リジーは、誰かにレオンの存在を知られることを酷く恐れている。

（今までは俺と……それから多分、城の王族や元老院の者たちだろう）

一夜の花嫁の儀式では、処女には玉は当たらない……妊娠しないとされていた。

あり得ない話だし、リジーは用意された避妊薬を飲んだと言っていた。

それでも、子供をみごもった。

こうなるとリジーが処女だったのか疑う者や、儀式が失敗したとみなす者が現れてもおかしくない。

頭の固い元老院の者たちにレオンの存在が知られれば、どうなってしまうのか。

ただでは済まない、レオンの身が危険に晒されてしまうと、リジーはきっと酷く恐れている。

(王族が望むように、戦争に勝利したんだ。これからのことは自分たちで何とかしてくれ)

このまま自分が王家に関わる騎士団に籍を置く限り、リジーの心に平穏が訪れることはない。

リジーはシリルとレオンのために、色々なものを犠牲にしてきた。

なら、今度は自分の番だとシリルは強く思う。

騎士団を退団しよう。

もう、役目は十分に果たした。

生きて帰ってきたことを涙を流して喜んでくれた両親なら、この決意に反対はしないだろう。

騎士団を辞め、リジーとレオンを連れて、隣国で静かに平民として暮らそう。親子三人で――。

もう絶対に、二人から離れたりしない。離したくない。

シリルは静かな決意を込めて、遠いリジーの姿をいつまでも見つめていた。

その日、リジーはレオンと一緒にやってきた。どうやら店が忙しく、ラナに任せて置いていくのは気が引けてしまったらしい。

屋敷まで連れては来たが、入るのをためらっているのを執事長に見つかったという。

「申し訳ありません……！」

二人で部屋に入ってきたリジーは、可哀想なほど申し訳なさそうにしゅんとしている。

逆にレオンは、興味津々でシリルに近づいてきた。

「どうしたの……びょうき？」

ベッドまで来てよじ上ろうとしたのを、シリルが手を伸ばして抱き上げた。

「病気というより、怪我だな」

「いたい？」

「ううん。そんなにはもう痛くないよ」

レオンにはシリルの身体から香る薬草入りの軟膏や、薬の匂いがわかるのだろう。

くんくんと匂いを嗅いで、「ここ?」と言って傷口がある場所を指差す。

「あたり……。あの、改めて君の名前を俺に教えてもらってもいいかな?」

「レオンだよ! レオン、おかあさんは、リジー」

「お母さんの名前までしっかり言えるなんて、レオンは偉いな」

でへへ～、と笑顔を蕩けさせたレオンは、「おかあさんにもよくいわれる!」と盛大に照れた。

屋敷の人間で、リジーがレオンを連れてきても悪く思う者はいない。

レオンは生まれた時から知っている存在だし、シリルに会った途端、レオンの父親が誰なのかひと目でわかったからだ。

皆、リジーの事情を察してくれているようで、定期的に王都と連絡を取り合う執事長も『お客様の個人的なことを報告するつもりはありません』と言ってくれた。

この屋敷で働く人たちは、騒がず静かに、三人を見守ってくれている。

レオンを連れてきたリジーに、「明日も連れてきなよ、見ててあげるよ」と使用人たちは口を揃える。

「リジー。もし良かったら、明日もレオンを連れてきて欲しい」

「でも、それじゃご迷惑じゃ……」

「……見て。俺以外にも、あの子に来て欲しい人間はたくさんいるみたいだ」

視線の先では、レオンが執事長にしっかり抱っこされて、使用人たちがそれを囲む楽しげな光景が繰り広げられていた。

「母から聞いた話だけど、俺がレオンくらいの年の頃は、とにかくじっとしていなかったそうだ。飛んで跳ねて叫んで、今無口な方なのが信じられないくらい暴れていたらしい」

「暴れて、ですか」

「うん。調度品もよく壊したし、馬をからかって蹴られたこともあった。とにかく力があり余っている感覚は今でもうっすら覚えてる。レオンも、同じじゃないか？」

「……当たりです。聞き分けはいいのですが、遊んでいる時は活発すぎて……」

レオンが活発すぎて大変だった数多の出来事が、リジーの頭の中を駆け巡る。途端に、リジーは疲れた表情を浮かべた。

その顔を見て、シリルは「遺伝だな」とぽつりと申し訳なさそうに呟いた。


シリルや屋敷の皆の言葉に甘えて、リジーはレオンも連れてくるようになった。

シリルもレオンと触れ合ううちに恐ろしい記憶が薄れていくのか、悪夢を見る回数が明らかに減った。

しかも身体の免疫力が上がってきたのか、どの傷もすっかり塞がり、血を流すことがなくなった。

この日もベッドから出て二人を迎え入れ、三人で屋敷の庭を散歩するまでに回復しているように見えた。

ところが――。

レオンはシリルと手を繋いでいたが、不思議そうに何度もシリルを見上げている。

「て、あついよ」

リジーはそれを聞いて、よくシリルの顔を見た。うっすらと上気して赤くなっている。

「ごめんなさい、失礼します」

もう片方の手に触れてみると、とても熱く感じた。

「シリル様、熱が出ています」

「……いや、大丈夫だよ」

慣れない子供の相手をずっとしていて、疲れが出ているのかもしれない。

甘えてしまった自分を責めながら、リジーはシリルを部屋に連れていった。

リジーが常備していた熱冷ましを飲ませると、シリルは「ごめん」と呟いてとろとろと眠り始めた。

――シリルは、また自分が戦場に立っている夢を見ていた。

周りには敵国の兵士が溢れ、その列は王都ではなく辺境を目指しているようだった。

シリルは腹の底から叫び、進軍を止めようと追い掛ける。

しかし足元にはいくつもの屍《しかばね》が絡みつき、シリルの行く手を阻む。

このままでは、リジーやレオンが危ない。

焦り、怒り、喚いても動くことができずに、ひたすらもがく。

ヒュッと喉が鳴り、慌てて上半身を起こした。汗だくの額に、髪が貼り付く感覚がうっとうしい。

辺りを見回し、ここが屋敷の一室だと確認して、やっとあれが夢だと理解した。

「シリル様、大丈夫ですか？」

控えめなリジーの声に、大きな安堵のため息をついた。

ベッドの側に椅子を置いて座り、様子を見ていてくれたようだった。

「……俺は、どのくらい眠っていた？」

窓辺は、もうカーテンが閉められていた。

やたら静かな雰囲気に、シリルにはあれからしばらく時間が経っているように感じられた。

「数時間です。飲んだ熱冷ましのせいでしょう、ぐっすり眠っておられました」

見回すと、部屋にレオンの姿がない。

「レオンは……？」

「シリル様の様子を見に来てくれたラナ先生が、連れて帰ってくれました。私が、もう少しだけここに残りたいとわがままを言ったのです」

眉を下げて困ったように微笑むリジーを、どうしようもなく愛おしく感じてしまった。

「すまなかった。体調不良は本当に自覚がなくて……迷惑を掛けてしまった」

頭を下げてシリルが謝ると、途端にリジーが慌てだす。

「そんな、謝らないでください！　私が悪いんです、優しい言葉に甘えてしまったから」

リジーが立ち上がり、シリルの肩に触れると、二人の距離は近くなった。

「あ……っ」

離そうとした手を、シリルはしっかりと摑んだ。

「リジーは悪くない。悪いだなんて言わないで、俺の熱がまた上がってしまうよ？」

「そんな風に言わないで……ずるい」

リジーは摑まれた手を振りほどくことができず、伝わる熱に心臓がドキドキと鼓動を打ち始めていた。

シリルもまた、同じだった。

力まかせにリジーをベッドに引きずり込み、かき抱いてしまいたい欲を必死に抑えていた。

重なった手が、熱をどんどん帯びていく。

「さっき……さっき、シリル様はとてもうなされていました。こわい夢を見てしまいましたか？」

何とか話題を振って、漂い始めた気恥ずかしい空気を紛らわせようとした。

「また戦場にいる夢だった……せっかく帰ってきたのに。もしかしたら、何か心の大事なものを戦場でなくしてしまったのかもしれない……」

それを取り返そうとするためか、夢は何度も意識を戦場へと連れていく。

生命も時間も、すり減らした心も、失われたものはもう二度と戻りはしないのに。

思わず、胸によどむ汚泥のような気持ちを吐露してしまった。

それを聞いたリジーは、戦場に心を囚われたまま苦しむシリルに、衝動的に抱きついた。

シリルがどこか寂しげに見えて、耐えられなくなってしまったのだ。

ぎしり、とベッドが軋む。

驚き、さ迷ったシリルの腕が、リジーの背中へ回された。

「……シリル様、まだ熱い。まだ熱が下がらないのですね」

「それ以外にも、理由はあるよ……」

ぎゅうっとリジーの細い身体を抱き締め、首筋に顔を埋《うず》めた。

ずっとずっと、心を焦がしながら、再びリジーを抱き締めたいと切望していた。

くすぐったいのか身じろぎするリジーが見たくて、顔を上げた。

すぐ間近に、赤くなった頬、潤む瞳、魅惑的な唇があった。

そうっと、子猫の鼻を合わせる挨拶を真似て、微かに唇を合わせ、すぐに離した。

「……んっ」

「……ごめん、口付けしていいかも聞かずにしてしまった。紳士的ではなかったね」

「いえ、う、嬉しかったから大丈夫です」

嬉しかった、と言ってくれた。

勝手に口付けてしまった反省と、『嬉しかった』と言ってもらえた悦びで、全身が熱くなる。

リジーの甘く熱い息が掛かるだけで、下半身が反応してしまう。

長い間、禁欲的な生活を送ってきたシリルにとって、大好きなリジーが腕の中にいるだけでどうにもたまらない。

けれど、リジーには性急で短絡的な男だとは思われたくない。

この華奢な身体をこの場で押し倒して、無理やり抱くのはきっと簡単だ。

しかしそれではだめなのだ。リジーが心を向けてくれた時にこそ抱く、シリルはそう決めていた。

リジーはシリルからの突然のキスに驚いたが、嬉しい気持ちで心が一瞬で満たされた。忙しさの中でずっと押し殺してきた、寂しさや恋しさごと抱き締めてもらえたように感じた。

しかしそれを上回る、気になることが発生していた。

身体に、シリルの下半身の硬いものが触れているのだ。

押しつけられているわけではないのはわかる。

体勢のせいで、やむを得ず……なのだ。

それにしても、服越しなのにその立派さが伝わってくる。

(……すごく硬い……ずっと体調が悪かったから、自分で処理できていないのかも)

身体中傷だらけで、熱と悪夢にうなされ続けているシリルだ。性処理まではできないでいるのだろう。

何より、自分を抱き締めてシリルがこんな風になってしまうことに、喜びの気持ちがじわじわと湧いていた。

射精するのを手伝ったら、すっきりして少しは体が楽になるだろうか。

シリルの唇が触れたことで、リジーにも、シリルにもっと触れたいという欲が出てきていた。

「シリル様……、私があの……処理するのを手伝ってもいいですか？」

するりと、硬くなった下半身にリジーが手を伸ばした。

とても勇気のいることだったが、そんなものよりもシリルの身体が大事だった。

それに、口でその名前を言うのがとても恥ずかしかったのだ。

「わ、だめだ。リジーに触られたら、すぐに暴発してしまう」

「暴発？」

「すぐに、で、出てしまうってことだよ」

真っ赤な顔でごにょごにょと言うシリルが、とても可愛らしく見えてきてしまった。

「出したらきっと……私は男性ではないのでわかりませんが、すっきりして気分良く眠れるんじゃないかと思うんです」

「そ、それはきっとそうだろう。リジーに触ってもらえて……出したら、とてつもなく気持ちいいと思う」

シリルは熱のせいか、恥ずかしいことも取り繕うことなく口にしてしまう。

リジーもまた、自分はとても正気ではないと思ったが、徐々に漂い始めた甘い空気に呑み込まれたいと願ってしまっていた。

「じゃあ、私が触っても……？」

「……うん、だけど俺もリジーに触れたい。いや、見るだけでもいい……俺に胸を見せてくれないか?」

自分はシリルの下半身に触っているのにおかしな話だが、くすぶった欲を直接耳から注ぎ込まれたようで、大いに照れてしまった。

「あの、私の胸、レオンにお乳をあげていたから以前のように張りがなくて……み、見ても嬉しいものではないかも……です」

「そんなことはない。想像しただけで……また硬くなってきてしまった」

自分に対する欲情を隠さないシリルに、リジーもまた素直に欲を晒してしまいたくなった。

少しだけシリルから身体を離す。

緊張して微かに震える手でボタンを外していくと、そこに熱い視線を感じる。

前が少しはだけ、胸を支える下着が露出する。

「……もっとよく見たい、ベッドに横になってもらってもいいかな」

こくりと頷くと、頭や身体を支えられてゆっくりと優しくベッドへ寝かせられた。

覆い被さるシリルは、美貌の顔を上気させて興奮を隠さない。

ごくりと唾を飲んだ喉仏が上下して、その情景はリジーをとても昂らせる。

「下着はどうしましょう……?」

「嫌でなかったら、外して肌を見せて欲しい……」

鼻先で、つい、と首筋をなぞられて、ぞくりと身体が反応してしまう。

「……っ、ぁ……」

「可愛い……たまらない」

熱いため息と一緒に、シリルは何度も「可愛い」と繰り返し、唇で耳たぶを食んだ。

胸につけた下着に手を掛け、少しずつずらしていく。

ついに、ふるりと白い乳房が片方露出された。

桃色の頂きが、シリルの目の前で息をするのに合わせて上下する。

その様子を黙って見ていたシリルが、はあっと息を吐く。

「やはり、綺麗だ……ずっと忘れられなかった。リジーの身体は美しい」

鼻先が近づけられ、息が掛かる。

そのまま舌に嬲られる快感をまだ覚えている身体が、期待をしてしまう。

「ん……ぁっ……」

「ああ、許されることなら……思い切りしゃぶりつきたい」

品行方正を絵に描いたようなシリルから出た意外な言葉に、リジーの理性はとろとろに蕩かされていく。

「……もう片方は……、シリル様にして欲しい」

「いいのか……触っても」

頷くと、そろりと熱い手が下着に手を掛けた。

ゆっくりと下着に指が掛けられ下げられて、ついに両方の乳房が晒された。

舐めるようにじっと凝視されて、乳房は震え、二つの頂きは痛いほど硬くなっていく。

「……嫌じゃなかったら、触ってください」

お願い、そう切なくリジーに懇願されて、シリルは乱暴に揉みしだきたくなる衝動を寸前で堪えた。

「痛かったり、不快になったら言って……」

「はい……あぁっ！」

掬うように、白く柔らかな乳房に優しく触れる。しっとり、ふにふにとしていて、シリルは感嘆のため息を漏らす。

くっと少し力を入れるだけで、柔肉が手のひらの中で形を変える。

ぴんと立った乳首を指で掠めると、誘うようにきゅうっと硬くなった。

「あ……ぁ……あっ」

身をよじるリジーが逃げ出さないように、今度は両方の手を使って大きく揉む。

そうして中指の先で乳首をやんわりと擦ると、リジーの腰がびくびくと跳ねた。

「ひん……っ、びりびり……します」

「指、気持ちいい？　痛くない？」

「痛くない……です。シリル様に触ってもらえて……気持ちいい」

うっすら汗をかき、額に前髪を貼り付け、頬を赤く染めるリジー。

その潤んだ青い瞳で見つめられると、シリルの抑えていた理性が崩れそうになる。

自分の手のひらの中で形を変える柔らかな乳房は、シリルを夢中にさせた。

「俺も、リジーに触れているだけで……射精しそうなほど気持ちいい……」

「あっ、私も、私もシリル様に触りたい……」

リジーはいまだに乳房をやわやわと揉みしだく、シリルの大きな手を止めた。

……が、指先でくにっと乳首を悪戯に優しくつままれたので、また声を上げてしまった。

「ゆびっ……あぁっ！　待って」

リジーは、覆い被さるシリルの下から身を起こす。

「私も、シリル様のを……触らなくてもいいんですか？」

シリルの顔には『触って欲しい』と、はっきり浮かんでいる。

「リジーの胸みたいに綺麗なものではないから、じっくり見ないでくれ……」

そう言って、履いていたズボンの前をくつろげ始めた。

下着越しでもわかるくらい、膨らんでいる。

ごそりと取り出された男根は、ずっしりと大きく反り返っていた。

儀式の時は、緊張しすぎて見る余裕はなかったけれど、部屋の灯りがついたままの今なら……。

「……すごい……こんなに上を向いて、痛くはないのですか？」

男根を握るシリルの手に、自分の手を重ねる。

「い、痛い……」

「痛いのに、気持ち良くなるなんて……不思議……」

張り詰めた男根に、リジーの手が触れる。切っ先から滑り出す先走りを、指先で掬った。

シリルの腰が、ずくりと重くなる。

リジーに軽く触れられただけでわずかに芽生えた射精感を、シリルは歯を噛んで無理やり抑え込んだ。

「うぅ……、少し触られただけなのに、イッてしまいそうだった」

そう聞いたリジーは何だか嬉しくなった。

「出してしまっていいんですよ……どうして我慢してしまったんですか？」

シリルの顔を見ると、ふっと唇が降ってきた。

「んんっ……ふぁ……」

今度はしっかりと唇を押し当てられ、声を上げれば隙間から舌を差し込まれた。

歯列をゆっくりとなぞられ、リジーの反応を窺うように舌を吸われる。

同じように返すと、もっとして欲しいとばかりに頭を撫でられた。

シリルに導かれるように、リジーは大きな手に包まれながら、生まれて初めて肉棒に触れた。

しっとりとしていて熱く、つるりとした触り心地。切っ先は、ぬめぬめと濡れている。

舌を絡ませた口付けの最中、リジーの細い指が肉棒に触れるたびに、シリルの舌がびくりと反応した。

「……シリル様、気持ち……いい？」

「ああ……君の手が……俺のものに触れているなんて……背徳感と刺激で目眩がする」

唇を離すと、シリルはリジーと向かい合ったまま彼女を自分の膝に乗せた。

リジーの指は肉棒から離れてしまったが、シリルはむき出しのリジーの胸元に唇を寄せる。

「……もっと、触ってもいいだろうか」

「…胸、ですか？」

シリルはこくりと頷いて、ちゅっと白い乳房に唇を落とす。

「しゃぶって、舐めて……傷つけないように甘噛みしたい」

欲情した菫色の瞳で見つめられて、リジーは目を伏せ頷いた。

途端に、桃色の乳頭に優しく吸いつかれてしまった。

「あんっ！　……あっ、いきなりっ」

びりっと、快感で身体が痺《しび》れる。

「たまらない……まるで小さな果実みたいだ」

声が外に聞こえてしまうのが気恥ずかしくて、リジーはすぐに自分の口元に手を当てた。

大きな手で下から掬い上げられた乳房は、ぴんっと乳首を立ててしまう。

シリルの唾液で濡れて、光っている。

「どうしてこんなに透き通るように……綺麗なんだ」

ちゅく、と再び口に含まれて、舌先でちろちろと刺激される。

もう片方の乳房も、円を描くようにゆっくりと揉みしだかれた。

「ふ、あっ……声が、こえが出てしまいます」

そう訴えても、シリルは乳房から離れない。

柔らかく歯を立て、乳輪ごとしごくように甘噛みをする。

さっきまで舌でねぶられていた乳首は、噛まれた刺激で更に硬くなってしまった。

「あぁッ……あっ、ひうっ、！」

「リジーの胸は……いい匂いがして離しがたい」

指先で乳首をつまんで潰され、もう片方は舌で丁寧にねぶられている。

下腹部がきゅんと反応してしまい、シリルの頭をかき抱いて耐えた。

「待って、止まって……っ、じゃないと、私、シリル様のを、触れません……！」

ちゅぽんっと、小さく音を立ててシリルが乳房から口を離した。

「さ、触って欲しい」

「うまくできるかはわかりませんが、このまま……横になってください」

シリルは言われた通りに後ろへ倒れ込み、ベッドに横になった。

跨った姿勢になったリジーは彼から降りて、シリルの足の間に収まる。

「失礼……します」

緊張が声色に出てしまった。

ドキドキしながら、目の前にそそり勃つ、シリルの逞しい肉棒にそっと手を掛けた。

竿を軽く握り込むと、びくりとシリルの腰が浮いた。

上下にゆっくりとしごいていくと、次第に切っ先の鈴口から、ぬるぬるとした先走りが溢れてきた。

「…っ、ふ……、もどかしい刺激が、かえって……」

吐息を吐きながら、与えられる緩やかな刺激を楽しんでいるようだ。

リジーの手のひらに、先走りがたらりと流れる。

ぐちゅっ、ぐちゅっと淫らな音を立てて、二人の耳を刺激する。

「手のひらの中でビクッて……ちゃんと気持ち良くなってますか？」

しごく速度を上げていくと、シリルの足にぐっと力が入っていく。

リジーはもう片方の手も使って、玉袋の方も優しく揉み始めた。

ころころとしているが、どんどん張ってきているような感触がしている。

「……っ、ぁ……ッ……あっ！」

「……私の手で、気持ち良くなってください……シリル様……」

ドクンッ！と肉棒が大きく震え、小刻みな震えに合わせて白い精液がとくとくと溢れた。

シリルは大きく息を吐くと、相当体力を使ったのか胸を上下させている。

いつまでも声を発しないので心配になり見てみると、そのまま眠ってしまっていたのだった。

四章

あれから、シリルは憑《つ》き物が取れたようにぐっすりと眠ってしまった。

リジーはまだ身体の芯に熱を持ちながらも、誰かが来る前にと素早く衣服を身につける。

シリルにも服を着せてあげたかったが、大きな身体をひとりではどうすることもできない。

最後まではしていないが、こういった行為のあとで使用人に頼るのも、何だか気恥ずかしい。

せめてものと、シリルには下着とズボンを何とか穿《は》かせ、ベッドの中へしっかりと押し込んだ。

まだ熱はあるようだが、穏やかな寝顔だ。

（……大切なことをちゃんと伝えていないのに、触れ合ってしまった）

煌々と点《つ》いていた照明の明るさを落として、ベッドの側に置かれた椅子に腰掛けた。

触れ合った余韻を残したままで、すぐ家に帰るのは複雑な気分だったのだ。

くすぶる熱が落ち着くまでと、シリルの寝顔を眺めながら気持ちの整理を始めた。

(……これから、どうしたらいいんだろう)

遠くない未来、傷が癒えればシリルは王都へ帰って騎士団に戻る。

レオンが生まれた時、菫色の瞳を見て、もう二度と王都周辺へは戻らないと決めた。

シリルに、レオンはあなたの子だと伝えたい気持ちはある。

事実をわかっていながら、こちらから言いだすまで待ってくれているのだと、ひしひしと感じる。

けれど万が一のことを考えれば、シリルの子だと絶対に認めなければ、逃れられる可能性もあるのかもしれない。

レオンを悪く捉える王族がいれば、シリルはちゃんと真正面から立ち向かってしまうだろう。

それでは騎士団長としても、自身の立場や生死にまで関わる問題になってしまう。

そんな時、シリルの子供ではないと訴えれば……。

誰が見てもそっくりだけれど、確実に確かめる方法なんてないのだから。

(父親は違うと言い続けて、認めなければ……ふたりを守るためには、私は嘘にまみれても構わないわ……)

好きだという気持ちは、再会を果たして熱く燃え上がっている。

せめてこの気持だけは、嘘で上塗りするのはやめよう。

（私はシリル様が好き。だけど、レオンの父親だということは、否定し続ける）

びょんっ、なんてレオンが例えた、シリルのすっと高い鼻を指先を伸ばしてひと撫でする。

「……本当に、シリル様とレオンはそっくりなんだから」

あと少し休んだら帰ろうと、リジーは椅子に座ったままベッドの端に突っ伏した。


気持ちの良い、シーツの肌触りを夢うつつの中で感じていた。

（……うちのシーツ、こんなに気持ち良かったっけ）

リジーが住まいで使っている物は、高級ではない。

『儀式』の報酬は弟たちとレオンに使うために、生家に預けてなるたけ減らさないようにしている。

辺境の田舎町で金貨を使うわけにはいかないので、半年に一度、父が金貨を銀貨や銅貨に変えて生活費を辺境まで持ってきてくれていた。

半年に一度しか孫のレオンには会えないが、父はとても可愛がってくれている。

（……私、いつ帰ったんだっけ。お祈りに行かなくちゃ、それに朝食の用意も……）

浮上していく意識の中で、シリルが眠るベッドの端で休んでいたのを思い出した。

（違う、帰ってない……帰ってないわ！）

慌てて目を開くと、目の前にはシャツを羽織った誰かの厚い胸板がどんと鎮座していた。

「……あっ」

しかも、腕枕をされながら抱き締められている……。

匂い、温もりで、誰に抱き締められているかなんてすぐにわかった。

「シ、シリル……さま？」

「おはよう、リジー」

恐る恐る、凝視していた胸板から顔を上げると、シリルが蕩けるような微笑みを浮かべていた。

やってしまった。あのまま、寝入ってしまったんだ。

リジーは目を白黒させながら、ぐるぐると回る思考の中でとりあえず言葉を絞り出した。

「お、おはようございます……さ、さよなら」

慌てて腕から逃れようとすると、「待って」と力を込められてしまった。

「明け方、目を覚ましたらリジーが椅子で寝ていたから、勝手にベッドへ引き上げた」

「……すみません、帰る支度までして寝入ってしまいました」

すかさず謝ると、シリルは小さく笑った。

カーテンの隙間から、朝日が差し込む。

その向こうでは小鳥のさえずりが賑やかに聞こえ、静かで清浄な空気が満ちる。

まるで恋人、夫婦のような朝を迎えてしまった。

気恥ずかしさと、レオンは大丈夫だっただろうかと心配する気持ちが混ざっている。

やらかしてしまった自分を心の中で大いに責め、ため息をつきそうになるのを我慢した。

「……さっき、ドアの向こうに執事長が来た。ラナ先生からの伝言で、レオンのことは心配するなと」

「ラナ先生、ここに来たんですかっ？」

「いや、執事長に俺からラナ先生へと伝言を頼んだんだ。『リジーはひと晩中、熱を出した俺の看病をしてくれて、今仮眠を取っている』と」

目覚めた時、リジーが突っ伏して寝ているのを見つけたシリルは驚いて、慌ててベッドへ引き上げた。

が、リジーなら起きた時にきっと驚き、色々な心配をするだろう。

なるたけそれらが減るように、帰りを待っているかもしれないラナへの伝言をひとまず頼んだ。

リジーが目覚めたら、説明して安心させよう。昨日自分があんなことを……お願いしてしまったから疲れが出たのだ。

いつリジーが起きてもいいように、寝ないでひたすらその寝顔を見ていた。

今なら、この胸の中で眠るリジーが目覚めるまで、一緒にいられる。

解決しなければならない問題はあるが、今はこの幸せを噛み締めていたかった。

「だから、レオンのことは心配しなくていい。もし許されるなら、あと少しこのままでいていい？」

話を聞いて安心したリジーは、詰めていた息を大きく吐いた。

「……ごめんなさい、ありがとうございます。私も、あと少しだけ一緒にいたいです」

抱きついて、言葉だけでなく行動でも示した。

「ずっとリジーの寝顔を見ていたんだ。あの儀式のあとも、ひとりで部屋を出るまで」

「寝顔を……？　私は変な顔をしていませんでしたか……？」

だらしなく口を開けたり、疲れて薄く白目をむいていたかもしれない。

(私もシリル様の寝顔を見たけれど、それとこれとは全然違うわ)

寝ている時さえ綺麗な顔のシリルに比べ、自分の寝顔は見たことがないので大丈夫かどうかもわからない。

リジーは羞恥に耐えられず、両手で顔を覆った。

「可愛いかったよ、だから離れがたかったんだ……」

「慰めはいいので……んっ」

シリルは、リジーが顔を覆ってしまった手をそっと優しくどかし、頬を撫でる。

それからゆっくりと覆い被さり、リジーの柔らかな唇に口付けを落とした。

菫色の瞳が、しっかりとリジーを捉える。

「俺は、城で君を初めて見かけた時から……好きだった」

リジーの目が驚きで見開かれた。それから、みるみる涙をたたえ始める。

何かを伝えようと唇が震えるが、言葉が出てこない。

「ほ……本当に……？」

「ああ、ずっと目で追っていた。俺の初恋で、今も続行中だ」

彼の気持ちは、態度や触れ方で、再会してからずっと伝わってきていた。

でもやはり、はっきりと言葉にしてもらえると、真っ直ぐ迷いなく心に刺さる。

「わ、私も……シリル様のことを……」

シリルから放たれた真摯な言葉が刺さった心臓は、ドキドキと騒がしい。

「……うん」

「ずっとお慕いしています、好きです……！」

泣きだしそうになるのをぐっと堪えて、シリルと目を合わせた。

くしゃっと泣きそうな表情を一瞬見せたシリルが、体勢を崩してリジーの胸元へ顔を埋めた。

体重が掛かると少し苦しいが、それでも構わない。

彼の黒髪をかき抱くと、胸元で安堵のため息が聞こえた。

「ありがとう……リジー、愛してる」

「私も、シリル様のこと……うう」

愛しています、と、大いに照れながら蚊の鳴くような声で伝えた。

想いを伝え合った今、いつまでも抱き合っていたいが、そうはいかない。

ラナは心配するなと言ったけれど、レオンはきっとリジーの帰りを待っている。

「名残惜しいですが、帰ります。レオンがきっと心配しているので」

「わかった。午後、レオンに会えるのを楽しみにしている。少しずつ、レオンに父親だと認めてもらえるように頑張るよ」

「……あの子の、レオンの父親は……シリル様ではありません」

幸福感に浸っていたであろうシリルは、ぱっと身を起こしリジーを見た。

どうして、という顔をしている。

「あの子は、俺の子供だろう……？」

誰が見たって、レオンはシリルの子供だ。

だけど、リジーはそうだとは言わないと決めたのだ。

「違います。レオンの父親は……違います」

「リジー……」

「ごめんなさい……。違うんです。レオンはシリル様の子ではありません」

泣き笑いに似た顔をして、めちゃくちゃなことを言っている自覚はある。

困惑したシリルを前に、リジーは顔をくしゃくしゃにして「違う」と繰り返した。


幸せと切なさを同時に味わったベッドの上から、逃げだすように帰ってきて、数日が経った。

シリルから責められるかと思いきや、全くそんなことはなかった。シリルは動けるようになったからと、わざわざ自分から歩いて軟膏を塗ってもらいに店にやってきていた。

面食らったのはリジーだ。シリルは変わらず優しく、ふとした瞬間に『好きだ』と囁き、頬に口付けしてくるようになった。

誰も見ていない瞬間だけだが、驚くし恥ずかしいし、心臓に悪い。

真面目で堅物なんて城では言われていたのに、今のシリルはその看板を外してしまったらしい。

日中の忙しくなる前の時間。シリルは店にやってきて軟膏を奥の部屋でリジーに塗ってもらうと、レオンを屋敷へ連れ帰り、探検ごっこなどをして子守りをしてくれる。

夕方になるとリジーが屋敷にまでレオンを迎えに行き、しばらく三人で過ごして夕飯の前に別れる。

申し訳ないからと断ってみても、預からせて欲しいと言ってきかない。

実際、レオンを預かってもらってかなり助かっている。

だけど、シリルはいつまでもここにいるわけではない。

そうしたら、またレオンから目を離さず仕事をしなくてはならなくなる。

（……そうなったらここでの生活も、もう限界なのかもしれない）

乳母として、誰かを雇う？　給金は儀式の報酬で払えるが、お金の出処や出自を周囲に怪しまれたりしないだろうか……。

いっそ店を辞めてどこかに家を借りて、レオンがもっと大きくなるまで、貯金を削りながら暮らすか……。

最近のリジーの頭の中は、悩みでいっぱいだ。

シリルとレオンは親子ではないかと、お年寄りの間では少しだけ噂になってしまっている。

それでも面白おかしく騒がれないのは、リジーの人徳のおかげだ。

特にこの辺りはお年寄りが多い。その健康を下支えするのが薬師で、その店で一生懸命に働くリジーを、お年寄りたちは可愛い孫の姿と重ねている。

レオンは曾孫と同等で、噂などしてリジー母子に嫌な思いをさせたくなかったのだ。

シリルが店に現われても、『美丈夫が来なさった』『冥土の土産だ』とは騒ぐが、決してレオンと関連づけた言葉は発しない。

レオンを抱き上げるシリルが店を出るのを、リジーがぽうっとした表情で見ていても、誰もひやかしたりなんてしないのだ。

リジーとレオン。二人は寝る時には同じベッドに入り、今日あった出来事などを話し合う。

今もまた、眠りにつく前のおしゃべりの時間だった。

二人が間借りしている部屋は板張りの床の質素な造りだが、母子にとってはたくさんの思い出に溢れた大切な場所だ。

ベッドと鏡台、備え付けの収納には服や本が入っている。

レオンが赤ん坊の時には近所から譲ってもらったお下がりのベビーベッドがあり、狭い中でてんてこ舞いな育児が始まった。

レオンが二歳になった今は、ベビーベッドを片付け、リジーのベッドで一緒に眠っている。

「今日は、シリル様と何をして遊んだの？」

「おじさんとは、かくれんぼしたり……けどいつも、あしとか、てとかがでてる」

レオンはその様子を思い出したようで、くふくふと笑いだした。

手や足が出ていると聞いて、それはきっと鬼役になったレオンが、ひとりで心細くならないようにするためだとリジーは考えた。

すぐに見つけられるよう、シリルは身体の一部をわざと出してくれているのだろう。

「……レオン、シリル様のこと、おじさんって呼んでるんだ？」

「うん。そうよんでって。しりるさま、っていったんだけど、おじさんでいいって」

父と呼べ、と言わないところがシリルらしいとリジーは切なくなってしまった。

シリルの心を、とても振り回してしまっている自覚がある。

「おじさんか……。レオンは、シリル様と一緒にいて楽しそうだね」

「たのしいよ～。ぼくにはおとうさん、いないから。いたら、あそんでみたいっておもってたから」

初耳だ。父親不在の生活を送ってきたので、レオンが父親に何かを求めているなんて知らなかった。

いないから、必要ないわけじゃない。

リジーは勝手に決めつけていた自分の考えを恥じた。

「……そっか、レオンはお父さんと遊んでみたかったんだ」

切なく泣き出しそうな気持ちが表情に出ないようにしながら、小さな手を握った。

「うん。いないけど、いたらどうなんだろうって、おもったことはある」

ついこの間まで、乳を求めて泣いてばかりいる赤ん坊だったのに。

いない父親を思って、小さな胸の中でたくさんのことを考えていたんだ。

(――やはりシリル様には、すべてを打ち明けるべきなのかもしれない)

今更だが、やはりレオンの父親はシリルだと伝えて……王都に帰ったあとも、たまにレオンに会いに辺境へ来てもらえたら。

シリルの家柄を考えたら、婚姻はキュリー家から反対されるだろうし、こちらも王都には帰れない。

謝罪して、妊娠がわかって逃げた理由……儀式の夜に支度を手伝ってくれた人から聞いた恐ろしい話も伝えて……。

シリル様が生きて帰ってきてくれたからこそ、伝えられることだってある。

ずっと好きだったと、言えたのだから。

(今更だと呆れられても、離れて暮らそうとも……レオンのためにも、シリル様と一緒に考えていきたい)

ひとりで悩むと視野が狭くなってしまうことを、痛感した瞬間だった。

「またあした、おじさんきてくれるかなぁ」

菫色のまあるい瞳が、とろとろと眠そうに閉じかけている。

「……来てくれるといいね……。でも、あまりシリル様の身体の負担になるような遊び方をしちゃだめよ？」

レオンが、ふふっと笑う。

「おじさんね、ぼくのことがだいすきで、たいせつなんだって。おかあさんのことも……うれしいね」

そうして、すうっと瞳を閉じてレオンは眠った。

リジーは幼子を抱き寄せて、大切に抱き締めた。

（……早いうちに、いえ、明日にでもシリル様に時間を頂いて……すべてをお話ししよう）

この判断が、レオンやシリルの立場を危うくしてしまうかもしれない。

そう考えると酷く苦しいが、シリルと一緒に乗り越えていきたい……そう思えるようになっていた。

暗い藍色の空の下、早馬で屋敷に使者が駆け込んできたのは、まだ夜の明け切らない時間だった。

眠っていたシリルは、部屋のドアがノックされる音で目が覚めた。

「シリル様。早朝に失礼いたします」

ドアの向こうからする執事長の声色に、妙な緊迫感を覚える。

「……何かあったか？」

「王都より、使者がまいっております」

「わかった。着替えて行くから、少し待つように伝えて欲しい」

執事長が「かしこまりました」と返事をするのを聞きながら、ベッドから急いで下りた。

いつもなら早朝の静かな時間だが、今日はいつもと違う雰囲気だ。

使用人は廊下で不安そうな表情を浮かべ、シリルを見つけるとぺこりと頭を下げた。

使者が待つ応接間へ入ると、見知った騎士団員が二人、正服でやってきていた。

ソファーに腰掛けていたが、シリルを見るなり立ち上がって挨拶を始めた。

「団長、お久しぶりです。お身体の調子はどうですか？」

「休みを貰っているおかげで、だいぶ調子がいい」

団員は、ほっとしたように表情を和らげた。

しかし、そんなことを聞きにわざわざ辺境までやってきたわけではないだろう。

その証拠に、すぐに団員が引き締まった顔に変わった。

「国王が、すぐに王都へ戻るようにとおっしゃっています」

「……どうして？」

「とにかく、早く団長を連れて戻ってこいと言うばかりで……」

自分がすぐに戻らなければならない理由が、すぐには思いつかない。

（……もしかして、レオンのことか？）

どこかでリジーとレオンのことが知られ、それを直接自分から聞こうとしているのだろうか。

シリルは考え込むが、窓辺から差し込んだ朝日を見て決断した。

「わかった。支度をしてくる」

早くこの団員を連れてこの地を離れないと、あとからまた使者がやってくるかもしれない。

何より、王都の人間がいたらリジーが不安がるだろう。

シリルは立ち上がり、部屋に戻って支度を始めた。

ただならぬ雰囲気を察したのか「お支度を手伝いましょうか？」と、執事長が部屋へやってきた。

王都まで日数は掛かるが、向こうへ着いたら官舎に自分の部屋がある。

だから移動中の着替えなどしか必要なく、鞄一つで間に合うが、シリルは執事長を部屋に入れた。

「……執事長、頼みがある。リジーに、俺が王都へ一度戻ることを伝えて欲しいんだ」

「わかりました。店が開く頃に伺って、お伝えいたします」

「すぐ戻るつもりだが……誰かその間、レオンの子守りをしてくれる人を探して欲しい」

シリルは金貨の入った袋を、そのまま執事長に渡した。

「それを紹介料と子守り代に使ってくれ。できれば、屋敷の一室をその場としても貸して欲しい……レオンはここが好きみたいだから」

その間借り分の料金も、渡したお金から出して欲しいと頼んだ。

「キュリー様、この部屋はこのままにしておくので……必ず、戻ってきてくださいませ」

執事長の言葉には、たくさんの意味が込められているようだった。

リジーやレオンのために……そう言われているようで、シリルは強く頷いた。

支度を終わらせて再び応接間に戻り、そのまますぐに屋敷を出た。

「中継地点に、早馬を用意してあります。それを乗り継いで、いち早く王都へお戻り頂きます」

「わかった」

振り返り、湖を見た。

絶対に戻ってくる、と心に誓って。

それから早馬を乗り継ぎ、数日掛けて王都へ戻った。

辺境での穏やかな生活に慣れ始めていたシリルには、戻りつつある華やかさや賑わい、人の多さに軽く目眩がした。

数日離れただけで、リジーやレオン、辺境での暮らしが恋しくなってしまった。

城は戦争の英雄の帰還に湧いた。シリルが帰ってきたと、皆が喜んだ。

勝利のシンボルであるシリルの存在は、これから国が復興していこうと活気付くのに不可欠だったらしい。

しかし、シリルの心は、そこから遠い辺境にあったので冷静だ。

謁見の間で、国王とすぐに対面することになった。

ユベールは鉱脈の視察に出ていて、五日前から不在だという。

アリアたちはまだヒンメルに戻ってきてはいなかった。

仰々しく王座へ腰掛けた国王は、膝を折り頭を下げるシリルを見た。

「よく戻ったな、キュリー団長。怪我の具合はどうだ？」

「はい、静養所を使わせて頂いているおかげで、回復に向かっています」

「それは良かった。今日からはまた、医務局で世話になるといい」

シリルははっとして顔を上げ、発言の許可を求めた。

快諾されたので、すぐに言葉を続けた。

「恐れ入ります。休養として、一年の休みを頂いています。自分はまた辺境へ戻り、今後の身の振り方を考えたいと思っています」

シリルはもう、騎士団を辞めようと決めていた。

生涯を捧げようとした騎士団の仕事だが、自分にはもっと大切な存在ができた。

その人、リジーが王都を避けて生きていきたいなら、自分が騎士団を辞めるまでだ。

反対されることは覚悟している。

復興には、御旗が必要だからだ。

勝利国を正当化する象徴——ヒンメル国の権威や大義を姿形にしたものが、シリルだからだ。

シリルを失えば、人々の復興への意欲は途端に下がってしまうだろう。

前線に出向けなかった王族では、だめなのだ。

「それは無理な話だ。キュリー団長には、シーラ国の姫を娶《めと》ってもらう。あちらからの要望だ。縁を結び、これで鉱脈は諦めるから水源は今まで通りに融通して欲しいとな」

シーラ国の生活を支える大きな川の水源は、この国にあった。

人道的なこともあり、戦争中でも水源の権利などは主張しなかった。

ただ、これからもそうだろうかと、シーラ国は考えたのだろう。

敗戦国は、莫大な賠償金を支払う必要がある。

シーラ国は反穏健派の王太子が死んだので、国の立て直しをするに当たって、国王率いる穏健派を再び盛り上げる必要があった。

賠償金と、人質として娘を差し出して、事が穏便に進むならば——ここは敗戦を認め、鉱脈から手を引く代わりに、水源については今まで通りにして欲しいと。

敗戦国の姫と戦争の英雄の婚姻は、『二つの国はもうこれ以上争わない』という表明になる。

「『娶って』とは、自分には……！」

「姫といっても、側室に産ませた六番目の姫だ。向こうも名門伯爵家のキュリー団長になら、喜んで嫁がせると言っている」

思わず立ち上がり、シリルは国王に向かって叫んだ。

「自分には、生涯を共にしたい女性がいます！　その人以外とは、決して婚姻など結びません！」

冷静沈着なシリルの大声に、その場にいた人間は皆、目を見開き驚いた。

それは国王もだったが、すぐに冷静な表情に戻る。

「だめだ。これは王命である」

「それでも、自分は……俺は、その人と再会するために生きて帰ろうと、あの戦場での地獄の日々を乗り越えられた！　俺を生かしてくれた人以外との婚姻は、考えられません！」

「……それでも、これは絶対命令だ。諦めて、シーラの姫と婚姻を結べ、騎士団長」

シリルは国王を睨み、首を縦には決して振らない。

国王は自身の長い顎髭《あごひげ》を指先でいじりながら、考えている。

息を呑み込むのもはばかられるような緊迫感の中、国王は言い捨てた。

「……その女、探し出して……他の男と結婚させるか」

ざわ、と一瞬、謁見の間にいた大臣たちから声が上がった。

国王の言葉に、皆は驚いた顔をこっそりと見合わせる。

戦場から重傷を負って戻ってきたシリルの姿を、皆が痛いほど覚えているからだ。

「……今、何とおっしゃったのでしょうか」

ゆらりと、シリルから明らかな敵意が立ち上がる。

「この国の輝かしい未来のためだと思えば、喜んで身を引いてくれるだろう？」

（リジーに、他の男をあてがうだと？）

今すぐにでも国王に掴み掛かりたい衝動を、拳を握りしめて必死に堪える。

「……婚姻のお話は絶対に受け入れられません。お断りいたします！」

シリルは国王を睨みながらそう叫んで立ち上がり、くるりと背を向けて一刻も早くこの場から立ち去ろうとした。

このますぐに辺境に戻り、リジーとレオンを連れて国を出よう。着のみ着のままで構わない。とにかく早く、行動しなければならない。

（──リジーとレオンを、誰にも渡すものか！）

足早にドアに向かっていたその時だった──。

国王からの合図で兵が一斉にシリルを取り押さえた。もがいても抵抗しても、複数の人間が相手ではどうにもならない。

兵たちはシリルに対し声を荒らげることなく、ただ小さな声で「すまない」と繰り返す。

こうして捕らえられたシリルは、国王の怒りを買ったことで、そのまま官舎の自室に軟禁されることになった。

ここ数日、シリルの父であるキュリー伯爵は城に呼びつけられ、息子に首を縦に振らせなければ爵位を奪う、と国王に脅されている。

しかしキュリー伯爵は、断固としてそれを拒否していた。

キュリー家は、上級貴族の中でも特に秀でた三大貴族である。そのキュリー家から爵位を奪うなどと言いだした国王に呆れていたし、何より、国に尽くした息子をこんな目に遭わされて……キュリー伯爵は静かに怒っていた。

彼は城からの帰りには必ず官舎に寄り、息子シリルに「自分の望むように、好きになさい」と励ました。また、自身が爵位を奪われた際の手回しも始めていた。

ユベールが城に帰ってきたのは、騒ぎから一週間が経ってからだ。

予定よりも、数日遅い帰城だった。

鉱脈の視察のあと、予定になかった戦場の跡地へ向かっていたのだった。

見渡す限り遙か遠くまで草木も生えず、砲弾による穴だらけ。燃えた兵服や流された血が地面に染み込み、まだ残る火薬の臭いと腐ったような異臭が立ち込める。

多数の遺体はほぼ回収されたが、それでも残された何かを啄みにカラスや鼠《ねずみ》がそこらじゅうで騒いでいた。

長大な塹壕に屋根などはない。地面に掘った塹壕には雨水が流れ込み、泥でぬかるんだこの場所で団員や兵士は濡れながら過ごす。

寝るのも、食事をするのも、この不衛生な泥の穴の中で、だ。

視察一行は、誰もが口をきけなかった。

王族たちが不満を口にしながら戦火の届かない王都で暮らしている間、騎士団や兵士たちは泥にまみれて地獄の中で戦っていた。

ユベールたちは跡地に花を添え、祈り、帰ってきた。

大臣から、国王が吐いた暴言や、婚姻を断ったシリルが軟禁されていることを聞き、すぐにユベールは官舎へ向かった。

キュリー伯爵まで連日呼びつけ脅しているとも聞き、開いた口が塞がらない。

官舎の入口には四人、部屋の前にも四人、屈強な兵士が見張りに立っていた。

やってきたユベールに向けられた視線には、複雑なものが含まれている。

兵が皆、シリルに同情的なのは火を見るより明らかだ。

ひとりの兵に声を掛ける。

「シリルに会いたいのだけど、いいかな」

「少々、お待ちください」

兵はノックをし、わずかに開けた隙間からユベールが来ていることを伝えた。

シリルの声で、「どうぞ」と聞こえる。

護衛を連れて入らなければ、ユベールはシリルの人質になるかもしれない。

けれど「大丈夫」だと言って、慌てる護衛を部屋の前に置いてきた。

すっかり夜だ。シリルの簡素な部屋にはランプが灯っていた。

怒りを隠さないシリルは、ベッドに腰掛けていた。

手足を拘束されているわけではないが、部屋には武器になりそうな物は一切なくなっているようだ。

それに、机にはペンや紙類も見当たらない。これでは手紙の一つも出せないだろう。

外への連絡手段は、断たれているようだ。

「……ごめん、僕がもう少し早く帰っていれば、君をこんな目には遭わせなかったのに」

ユベールが来たというのに、シリルはベッドから立ち上がったりもしない。

「それは本当に……そうですか？」

その声は、とても冷えたものだった。

ユベールも王族のひとりには変わりない。そう言われたようで、シリルの底知れない怒りがぞくりと伝わってきた。

それでも側に寄り、隣に座った。

「父の話は聞いた。シリルには申し訳ないことになってしまった」

「……殿下。俺はもう騎士団を辞めます」

「何だって……？」

「もう、いいでしょう？　たくさんの人間が国のために傷つき、命を失った。俺はたまたま運が良かっただけです……だからもう、解放してください」

これ以上、利用されたくない。

そう言った横顔、菫色の瞳からは光が消えていた。

ユベールは戦場の跡地を思い出していた。

また、鉱脈のせいで冷静さを失っている国王と、そんな王に対する信用をなくしつつある臣下たちの、突き刺さる視線を。

シリルが騎士団を辞めたいというのも、納得してしまう。

「……騎士団を辞めたら、どうするんだい?」

これは王太子としてではなく、鍛錬で剣を合わせた青年同士として聞いてみたかった。

答えず黙ったままのシリルに、ユベールは戦場の跡地へ行ってきたことを告げた。

花を添え、亡くなった兵士のために祈ったことを伝えた。

「僕は、生まれて初めて塹壕を見た。地に染みて黒く変色した血溜まりも、臭いも、悲惨さも、この目に焼きつけてきた」

想像以上の凄惨な跡に、身がすくんだと……見てきたこと、そこで思ったことをシリルに語る。

それをただ床に視線を落としたまま聞いていたシリルは、クマができた目元を指で強く揉み込んでから、声を絞り出した。

「……忘れられないんです。今でも、夢に見る」

ふっと、シリルは眉を下げて酷くつらそうな顔をした。

ユベールは、まるでナイフを突き立てられたように胸が痛んだ。

そして、王太子としての責任感やシリルに対する友情に似た気持ちから、自分が今からでも、この状況をどうにか動かせないかという思いがふつふつと湧いてきた。

国王に進言できる立場の人間は、自分や大臣くらいしかいない。

しかもキュリー家から不信を買ったままでは、国の発展などまずあり得ない。

三大貴族であるキュリー家は、国の治安維持から軍事訓練、公共施設などの修繕から商会の取りまとめ役までと、国への貢献度は計り知れない。

国王が資源を手に入れ、より強固な国づくりを目指す気持ちは理解できるが、やり方が独断的で急すぎる。

「父のことは僕に任せて。今は焦りすぎて周りが見えていないんだ、このままでは不信をいっそう買うばかりで孤立してしまう」

また新たな問題にユベールの頭は痛んだが、命を掛けて戦場へ行ってくれたシリルの前では、それを表情に決して出すまいと誓った。

「シリル。僕は君に何をしてあげられる？　言ってみて欲しい、全力で協力する」

静かだが、しっかりとした声だった。

シリルは床に落としていた視線を、ゆっくりとユベールに合わせる。

目が合い、ユベールは『信じてくれ』とばかりに頷く。

沈黙が落ち、重苦しい空気に満ちた部屋で、ユベールはもう一度誠意をもって「僕を信じて」と強く言い切った。

シリルはユベールの手を取り、その手のひらに文字を書いた。

『頼みがあります』と。


シリルが王都へ行ってから、十日が経とうとしていた。

リジーは毎日、胸が張り裂けそうな気持ちで帰りを待っていた。

そんなある日。たまたま王都から隣国へ戻るという年老いた行商が、ラナ特製の胃薬を買いに店に寄ったのだ。

以前にも店に来たことがあり、レオンのことを可愛いがってくれた。

行商はリジーを見つけると、明るく話しかけてきた。

リジーも以前、この行商とは王都の話をしたことがあったので、近況を聞いてみることにした。

「王都は戦争が終わって、賑わいは戻りましたか?」

「ぼちぼちだね、これから人の流入は激しくなるんじゃないかな。けど王都から離れた場所では盗賊や山賊なんかも多くなってきたよ、敗戦したシーラから潜り込んできてるって噂だ。それより……」

「それより?」

行商は辺りをキョロキョロと見回して、こそりと小声で囁いた。

「あんたのところに、騎士様が来ただろう？　大丈夫だったかい？」

「えっ、どうして？」

「ここの子供と、騎士様がそっくりだろう？　出会った先でつい話してしまって、どうなったか気になってたんだ。勝手に話しちまってごめんな」

リジーは行商から、いつか騎士にリジーとレオンの話をしたことを聞いた。

どうやらそれで、辺境に二人がいるとシリルに知られたのだとわかった。

行商は、シリルが騎士団の団長だとは知らないようだ。

「大丈夫です。いまは王都に戻られています」

「ああ、王都は今、騎士団長様とシーラの姫が結婚するかもしれないって噂で持ちきりだからなぁ。これから色々と忙しくなりそうだ」

（シリル様と、シーラ国の姫君が結婚……？）

「騎士団長様が結婚されるって、本当の話なんですか……？」

「あくまでも噂だけどね。でもまあ、火のないところに煙は立たないって言うしなぁ」

王都へ向かったまま、シリルは帰ってこない。

（もしかして、シリル様はこのまま戻ってこられないのでは……）

リジーは頭が真っ白になってしまった。

五章

リジーは忘れかけていた。

シリルはあの戦争を終わらせた立役者で、功労者で、国民から敬われる存在だということを。

行商が帰ったあとも、リジーの頭はぼうっとしてしまっていた。

『騎士団長様とシーラの姫が結婚するかもしれない』

敵対していた二つの国が終戦後、婚姻によって繋がりを持つのは珍しいことではない。

まさにこれが政略結婚だ。

功績を上げたシリルなら、上級貴族からの見合いの話だって山のように来るだろう。

それが当たり前の、貴族の婚姻だ。

シリルが自分のことを想ってくれていたことがわかり、自らも好きだと伝えた。

想いは、確かにあの時通じ合った。

しかし現実は、まるで力いっぱい頬を殴られたような衝撃をリジーに与えたのだ。

（自分以外の女性と、シリル様が一緒になるなんて……）

儀式の話をユベールから聞いた時、他の女性にシリルを渡したくないと湧き上がった独占欲。それが今再び姿を現し、心を思い切り抉《えぐ》ってくる。

痛い、苦しい、泣いて叫び出したい。

（ここでの生活にシリル様が加わって……それを日常だと感じてしまっていたわ）

再会した直後に逃げ出す算段もしたのは、今になっては苦笑いしてしまう思い出だ。

誠意を見せるシリルに、リジーは絆されていた。

ずっと忘れずに想っていたのだから、当然の結果といえばそうなのだろう。

しかし、現実問題はリジーの前に大きく立ち塞がる。

身分も違えば、大きすぎるシリルの功績に見合う立場ではないのだ。

一度はシリルに、やはりレオンはシリルの子だと言おうとした。

一緒には暮らせそうもないし結婚もできないけれど、それでも家族として生きていきたいと思った。

（私……それでうまくいくと思っていたけど、今ならわかる）

そんなこそこそと隠れた生活を、シリルにさせてはいけない。

もしかしたら、このままシーラの姫君と結婚した方が、シリルは騎士団長らしい人生を送れるのかもしれない。

（つらいけれど、これで……良かったのかもしれない。直接お別れを言われるよりは、このまま二度と会えない方が……）

そして、シリルがいつか幸せになってくれればいい。

そう諦めようとするも、シリルを愛する心は悲鳴を上げて、涙が溢れる。

頬をひたすら濡らす涙を拭いながら、リジーは声を殺して泣いた。

レオンはシリルが突然消えていなくなったことを、子供なりに悲しく寂しく思っているようだった。

シリルが王都へ向かった日から毎日、昼前になると屋敷から使用人がレオンを迎えにやってきて、夕方まで見てくれるようになっていた。

恐縮し訳を尋ねると、『キュリー様から雇われているから、心配しないで』と言うのだ。

執事長に確認したく屋敷で話を聞くと、小袋に何枚も入った金貨を見せられた。

『これを、貴女とレオンくんのために使ってくれと託されました。自分がいない間、信用のおける子守りを探して欲しいと』

金貨には手を付けるつもりはない。子守りは自主的にやっていると言う。

『十年以上、この静養所は王族から放っておかれて、我々は時間ばかりあり余っているのですよ。なので、レオンくんに遊んでもらって助かります』

そんな風に、執事長は笑ってくれた。

レオンは毎日シリルの絵を描き、夕方には湖の畔から並木を見つめ、会って遊びたいと思い出したように泣く。

慰めるリジーは、いつシリルが帰ってくるとも言えず、苦しい思いでいる。

真夜中に泣きだす子を連れて、湖を眺めに行く日もある。

水面に映ってゆらゆらと揺れる月は、不安定な心のようだった。

いつまでも心は定まらず、風が吹けばまた酷く歪む。

ひとりでレオンを育て上げる。そう誓った日の自分が見たら、弱すぎると説教の一つや二つされそうだ。

あの強かった私は、どこへ行ったんだろう。

(今の私は……シリル様とレオンと、三人で生きていきたいと思ってる)

しゃがみ込み、石を積んで遊んでいたレオンがやっと眠そうにあくびをした。

リジーは随分と重くなった我が子を細腕で抱き上げて、そうっと部屋へ戻った。

待つだけの日々、辺境の田舎町には王都からの噂や情報はなかなか入ってこない。

やきもきした気持ちでシリルを待つ日々に、突破口を開けようと提案してくれたのはラナだった。

「リジー、王都へ行って団長様の様子を見てきなさいよ。それに何年も、お母さんや弟たちに会ってないでしょう？　途中で寄ってみたら？」

乾燥させた薬草を細かく潰す作業中で、ラナの言葉にリジーは思わず乳鉢を落としそうになった。

今日は珍しく、お客の少ない日だ。

いつもやってくるお年寄りたちも、家族総出の小麦の刈り取りに精を出しているのかもしれない。

「王都って、あそこには私は……！」

「それは妊娠していた時と、レオンを連れていた場合でしょう。リジーひとりなら、なんの問題もないわ」

「ひとりって……レオンは置いていけません」

「私が面倒を見る。それに、屋敷の執事長さんたちも協力してくれるみたい」

もし、王都まで様子を窺いに行くなら、引き続き子守りの協力をすると執事長が言ってくれたという。

「何か物理的に帰れない理由があって、団長様は王都にとどまっているのだろう。万が一、戻る気がないなんて場合は、金貨を目一杯詰めた袋に手紙でも添えて、リジーとレオンに送ってきそうなのに」

それがない。と、ラナは断言した。

確かに。シリルなら、関係を断つとしても、レオンを思って将来のための資金を送ってきそうだ。

ラナの言う通り理由があって、戻るどころか手紙も出せない状態なのかもしれない。

けれど、このまま……シリルの立場を一番に考えれば、思い出に変わる時まで息を潜めてやり過ごすのがいいのかもしれないと思ったばかりだ。

「うまく言えませんが、このままがシリル様にとっては良いのではないかと思うのです。レオンのことを秘密にさえしてもらえれば、私は……」

「本当に、それで自分が納得できる？　何もわからないまま、この先ずっと生きていくのはつらいと思う。人間は生きていくために、区切りが必要な時もあるから」

「区切り、ですか？」

「そう。私には、リジーが団長様との未来を諦めようとしているように思える。それもリジーの選択なら反対なんてしない。ただ、今確かめないのはもったいないなと」

諦めるなら、その目や耳で事実を見て聞き、気持ちに区切りをつけた方が早く前を向ける場合があるとラナは言うのだ。

そして、その逆も然り、と。

「事実だけでも確かめに行けばいい、二人が一緒に生きていきたいとわかったのなら、リジーが団長様を王都から攫《さら》ってしまえばいいのよ」

無茶苦茶だとは思ったが、リジーからは思わず笑みがこぼれた。

「ふふ、攫う、ですか。まるで私が物語の王子様みたい」

「なら、団長様はお姫様だな。随分大柄だが、美人なお姫様じゃないか」

店にやってきていたシリルを思い浮かべると、会いたいという気持ちが素直にすとんと胸の真ん中に落ちてきた。

（ラナ先生と話をしたら、重かった気持ちが少し軽くなった）

そうだ。どうしてシリルが辺境へ戻ってこないのか、手紙もないのか、確かめに行ってからでも諦めるには遅くはない。

正しい情報が聞けるかわからないけれど、辺境にいるよりはずっと情報が摑めそうだ。

リジーは自分に言い聞かせるように、うん、うん、と頷いた。

「王都へ行っても、何もできないかもしれません……けれど」

「うん。まずは生家に帰って、団長様に関する噂などが他に届いていないか聞いてみるといいだろう」

リジーの生家は王都から離れているが、辺境よりはまだ近い。

乗り合い馬車も客を乗り降りさせるので、噂話などが届いているかもしれない。

『行け、確かめろ』と、本能が叫び始めている。

二度と戻らないと誓った王都だが、今はそれどころではなさそうだ。

後押しもしてもらえたのだ。あとは、自分がはっきりと決めるだけ。

「……私、王都へ行ってきます！」

「ああ！　こちらの心配はしなくていいから」

リジーはその晩、レオンにしっかりと話をした。

戻らないシリルの様子を見に、王都へ行ってくると。

レオンはとても喜び、「おじさんとまたあそびたい、あいたい」と何度も繰り返しながら寝入った。

幼子の寝顔をたっぷり眺めたあと、リジーはベッドから出て旅の支度をすぐに始めた。

早朝。

宿場町の乗り合い馬車の停留所まで、屋敷の使用人が馬で送ってくれると迎えに来てくれた。

まだ眠ったままのレオンの頬に口付けを落とし、荷物を持って店先を出る。

「ラナ先生、行ってきます。レオンのこと、どうぞ宜しくお願いします」

深々と頭を下げる。そうして、リジーはシリルの情報を求めて王都へ向けて出発した。

宿場町から数日。宿泊をしながら乗り合い馬車を乗り継ぎ、ついに生家のある領地までたどり着いた。

本格的にお腹が大きくなり始めた頃に、出ていったきりだった。

辺境と同じく小麦の収穫が始まっているようで、あちこちで刈り取った物を束ねて乾燥させる準備をしている。

乾燥させてから脱穀と、行程は多いが、手を掛けるほど良い小麦になる。

そんな風景を眺めているうちに、宿屋などがある停留所へ着いた。

生家へ帰ると皆が驚き喜んでくれたが、父はすぐに外へ飛び出して辺りを見回した。

継母のニコルもリジーの肩を抱き、まるで誰かから守っているようだった。

弟たちは、背も伸びて随分とお兄さんらしくなっていた。

父は鉄門をしっかりと閉め、屋敷に戻るとリジーをすぐに強く抱き締めた。

「……ああ、無事で良かった！」

ただごとではない様子に、リジーの表情は厳しいものへと変わる。

父は長旅だっただろうと荷物を預かり、リジーをソファーへ座らせた。

「リジー、レオンはどうした？」

「レオンはラナ先生が見てくれているわ。私はどうしても知りたいことがあって、これから王都へ行こうと思って……」

父とニコラが、不安そうに顔を見合わせる。

その様子は、リジーの不安をかき立てた。

「……少し前に王都から、リジーを訪ねて使者がやってきたんだ」

「王都から……!? どうして」

「理由は教えてもらえなかった。だから僕は、娘はまた働きに出たけれど、連絡が途絶えて行方不明だと答えたんだ」

まさか辺境にいるなんて絶対に教えられない。咄嗟についた嘘だった。

父に知らせないといけないことは、リジーにもあった。

「……シリル様から、お父様お手製の軟膏を頂いたわ。ありがとう。シリル様は傷を負っていて、しばらく静養所で暮らしてらしたの。だけど、少し前に王都から使者が急に迎えに来て……」

父は「そうだったのか」と言って顔を曇らせた。

「リジーの行方を使者に尋ねられたあと、狩場の管理で確認したいことがあって城へ出向いたんだ。それは表向きで……どうしてリジーの居場所を探しているのか偵察がてらに、知り合いのいる医務局にも顔を出してきた」

城では再びリジーの行方を聞かれたが、何やら雰囲気がおかしい。

まるで言わなくてもいいと言わんばかりに、すぐに話は切り上げられた。

思い返せばやってきた使者たちも、詰問してくる様子はなかった。

そんな城の中は、色んな噂話で持ちきりだった。

『シーラから姫が嫁いでくるらしい、相手はキュリー騎士団長だ』

『いやいや、騎士団長は今、いないじゃないか。休みを取って、どこかで静養してるんじゃないか？』

『どうやら帰ってきてはいるが、婚姻を拒否したせいで官舎に軟禁されているらしいぞ』と。

『騎士団長は好いた女性がいると訴えたが、聞いてもらえなかったそうだ』

『女性の影なんてちっともなかったが、きっとその女性と一緒になりたかったんだろう。可哀想に』と、皆は騎士団長に同情的な雰囲気で満ちていたらしい。

「軟禁って！」

「城からの帰り、それを確かめようと官舎まで行ってきた。敷地の外から眺めることしかできなかったけれど……かなりの数の見張りの兵が立っていたよ」

いつもなら、せいぜい門兵がふたりいる程度なのに、鉄門脇、官舎の入口、庭にも配置されていたという。

「じゃあ、シリル様はそこで軟禁……されている可能性が高いのね」

「おそらく……。噂が本当なら、シーラの姫君との婚姻をキュリー様が拒否しているからだろうね」

「キュリー様がリジーのことを話すとは思えないし、彼には浮ついた話の一つもなかったと、医務局で聞いた。だから王族は、少しでもキュリー様と関わりがあった女性すべてを総ざらいしているのだろう」

『一夜の花嫁』であるリジーなど、真っ先に捜索の候補に上がっただろうと推測ができた。

リジーはぞっとして、すぐに辺境のレオンのことを頭に浮かべた。

皆が大丈夫だからと言ってくれて、リジーを王都へ見送ってくれたけれど――。

シリルが滞在していた辺境の静養所にも、何らかの手がかりを探して捜索の手が伸びるのも時間の問題だ。

（レオンが見つかってしまったら、すぐに連れていかれてしまうかもしれない！）

すぐに引き返して辺境へ戻るべきか、それとも――。

リジーはここで、決断を迫られた。

謁見の間では、再び国王が婚姻を認める言葉をシリルから引き出そうとしていた。

シリルは後ろ手に縛られ、兵を両脇につけられている。

苦悶の表情を浮かべ、俯いている。

こんな謁見など誰も見たことがない。

シリルをまるで罪人のように扱うので、信じられないといった空気に重く包まれていた。

これからまた、英雄が国王から暴言を吐かれ、婚姻を強要されるのかと、大臣たちや兵は気が滅入りそうになってしまう。

鉱脈に浮かれた国王の皮算用が酷いと密かな問題となっていた中、今度はシーラの姫を娶れと迫る姿には、目を背けたくなる臣下もいた。

今回の謁見には、ヒンメル王国唯一の王太子である、ユベールも同席していた。

この場で先に口を開いたのは、ユベールだった。

「父上。少しこの場をお借りして、お話があるのですが、よろしいですか？」

予想外のユベールからの発言に、国王は片眉を上げた。

「何だ、申してみよ」

「それでは」と前置きをして、ユベールが話し始める。

「シーラ国から、ヒンメル王国に姫君の輿入れが決まったと聞きました。まさか本当に人質を差し出してくるとは、恐れ入りました」

「……そうだ。シーラはキュリー騎士団長に姫をやりたいと申しておる」

「……はあ、父上。いくら姫君が側室の子で、あちらの要望だろうと……王族なら父上が娶るべきだ」

絶句して言葉を発せない国王と、ざわつく臣下たちの声で、謁見の間は異様な空気に包まれた。

「ど、どうして、わしが娶らないといけないんだ？」

「逆に、どうして命を賭けて戦ってくれた英雄に、無理やり娶らせようとするんです？　キュリー騎士団長には、好いた女性がいるというじゃありませんか」

国王は、ぐっと言葉を詰まらせた。

「鉱脈を欲しがったのは父上なのに、戦場には一度も出向きませんでしたね。あげくの果てに、英雄に婚姻を迫り軟禁までしている……。我々は王族だ。なら王族らしく、政治的な戦争はこちらが引き受けるのが筋だ」

「……わしは、絶対に娶らぬ。正妃もいる、娘と歳が変わらぬ姫など、側室にだって取らぬ」

国王の言い分に、ユベールはわざとらしく深くため息をついた。

思わぬ展開に、シリルも臣下たちも黙って二人のやり取りを見守るしかない。

「戦争の責任を放棄するおつもりですか？　情けない……シーラの姫君だって、自分が政治の駒、後始末の道具だとわかっていて、ひとりヒンメルに嫁いでくるのに」

国王は顔を真っ赤にするが、言い返せないでいた。自らはもちろん、ユベールを戦場へ一度も出向かせなかったのは、国王自身の判断だ。

騎士団長であるシリルに全指揮を丸投げし、国王は無傷で鉱脈を手に入れた。シリルが英雄だと国中からもてはやされる中、戦場へ出なかったユベールがどれだけ自分を恥じて傷ついていたかなど、全くわからないのだ。

「……なので、シーラの姫君は僕が娶ります。王族が、王族を迎え入れる。これが当たり前ですからね」

「な、何を言っているんだっ！　側室の、それも六番目の姫など、なんの役にも立たぬ」

すっと、ユベールの目に冷たさが宿る。

「……僕なんかより、シーラの姫の方がずっと立派に役に立とうとしている。僕には、その機会もなかった……姫君を大切にすることで、自分なりに責任を果たします」

戦場の跡地へ行ってから、ユベールの鼻にはいつまでも異臭が微かに残っているように感じられていた。

決して忘れられない、記憶にべったりと染みついた臭いだ。

国王は、息子の辛辣《しんらつ》で核心を突いた発言に項垂《うなだ》れ、臣下たちはユベールに希望の眼差しを向けた。

ひとりしかいない王太子、ひとり息子を廃嫡にする度胸は、国王にはない。

ユベールはそれを知っていたから父王を責める発言をしたが、何かしらの罰は受ける覚悟はしていた。

国王はついに観念したように、「お前の好きにしろ」と呟いた。

「すぐにキュリー団長の縄を解いてあげて」

ユベールの声に、側にいた兵がすぐにシリルの縄を解いた。

「殿下……」

「さぁ、君の休みはまだまだ残っているよ。さっさとこんなところからオサラバして……十分に休んだら騎士団長に復帰してくれよ？」

悪戯っぽく笑うユベールに、シリルはその場で頭を下げる。

「殿下、ありがとうございます」

「それと……キュリー団長が気にしていたことは心配しなくていいよ。ちゃんと確認が取れたから、これから僕が関わった者たちすべてに証明するよ。だから休みが終わったら、安心して帰ってきてね……家族でね」

『気にしていたこと』と聞いて、シリルは目を見開いた。

軟禁されていた部屋にユベールがやってきた時、シリルはユベールを信用して、あるとても大事なことの証明をお願いした。

――『一夜の花嫁』。

あの儀式の元となった王都に伝わる伝説には、間違いがあった。

女神の加護は処女を抱くことで得られるのではなく、男性が童貞を捧げることで得られるものだったと。

辺境の、あの静養所の執事長から聞いた地元に伝わる話を、シリルは扉の向こうには聞こえないようにとても小さな声でユベールに話した。

自分は童貞をリジーに捧げ、加護を受けて戦争に勝利し、生きて帰ってこられた。

もし儀式の時にリジーが処女でなくとも、その夜に子供ができたとしても……彼女にはなんの罪もないことを訴えた。

きちんと王族の名のもとに、伝承の真相を確認して欲しい。

リジーが安心して生家や王都にも帰ってこられるようにして欲しい、と頼んだ。

ユベールは『もしかして、子供が……？』と驚いたが、シリルは黙っていた。

その様子に、何かを察したのだろう。

必ず、必ず真相の確認をすると繰り返した。

それが、もう証明できるという。

ユベールの仕事の速さに驚きながら、シリルの心に掛かった翳《かげ》りは影を潜め、晴れやかになっていた。

これでレオンの身の安全が保証され、リジーが怯えることなく、王都や生家を行き来できる。

もう心配することはないと説明をして、今度こそきちんと結婚を申し込もう。

リジーの抱えている不安を、これから一つずつ時間を掛けて払拭していきたい。

「よろしくお願いします、ユベール殿下。では、自分は失礼いたします」

背筋を伸ばし姿勢を正して、シリルは笑顔のユベールと、気の抜けた顔をしたままの国王に頭を下げて、謁見の間をあとにした。

すぐに辺境へ戻るために荷物を取りに官舎に戻ると、駆け足で追いかけてきた人物に声を掛けられた。

「シリル！　これを持っていけ！」

没収されたシリルの愛剣を片手に走ってきたのは、前団長だ。

持病の胃痛の悪化が原因で騎士団を退いたはずが、戦争の後方支援隊を任されてしまっていた。

今は休みを取っているシリルの代わりに、騎士団の代理団長を務めている。

前団長は結局、まだ完全に退団できないでいた。

「ありがとうございます」

「お前も大変だったな。このぶんも、しっかり休めよ。戻ってきたら、今度こそオレは退団して、田舎に引っ越すからな」

拳でドンっと胸を叩かれ、「頑張れよ」と励まされた。


シリルは何日も掛けて辺境まで馬を走らせ、たどり着いた。

懐かしい景色に胸を打たれながらも、並木道を通りすぎて湖までやってきた。

夕方の湖は、茜色の空をそのまま映し込んでいる。

穏やかな湖面は水鏡のようで、長く留守にしたが何も変わってはいなかった。

馬を繋ぎ、薬師の店へ飛び込む。

店でひとり、佇んでいたのはラナだった。

突然現れたシリルの姿を見て、ワッと声を上げた。

「……驚いた！　団長様、お戻りになられたのですね！　良かった……あの、あれ、リジーは……？」

シリルはすぐに店内を見回す。……リジーがいない。

「……リジーは、どこに行きました？」

「リジーは、団長様が戻られず、シーラの姫様と結婚されるという噂を聞いて、王都へ様子を見に行ったんです」

「王都へ？」

ラナは不安げに表情を曇らせた。

「それと……リジーが王都へ向かって少し経った頃、王都からリジーを探して使者がやってきて。咄嗟にレオンを奥へ隠して、知らないとシラを切りました。屋敷にも聞き込みが入ったようですが、皆が事情を察して秘密にしてくれましたよ」

それを聞いて、シリルは心から安堵し、ほっと息を吐いた。

リジーが守ってきたレオンを、ここの皆も同じように守ってくれた。

人々の情の温かさ、リジーの人望の厚さを改めて思い知ることになった。

「ありがとうございます……！」

シリルが頭を下げたその時、奥の部屋からレオンが飛び出してきた。

「おじさんっ！」

「レオン！」

飛びついてきたレオンを、シリルは抱き上げて、大事に抱き締めた。

「おかあさんをしってる？　ずっとかえってこないんだよ」

寂しさを我慢しているのだろう。「おかあさん」と言葉にするたびに、大きな瞳に涙を浮かべている。

それをこぼさないよう、堪えているようだ。

なんて愛おしい子なのだと、シリルはたまらなくなった。

「お母さんは、俺が必ず連れて帰ってくる。だから、信じて待っていて欲しい」

レオンは黙って頷きながら、シリルの首筋に抱きついた。

シリルもまた、レオンを再び抱き締めたのだった。

「……ラナ先生、俺はまた王都へリジーを探しに戻ります。すみませんが、レオンをお願いします」

「レオンのことは心配なさらずに。リジーをどうか、必ず見つけて迎えに行ってあげてください」

お願いします、と頭を下げるラナにシリルは強く頷いた。

馬をひと晩は休ませたかったが、草を食べさせて水を飲ませ、何とか宥めながら再び出発した。

月夜の夜だ。

宿場町を抜け、しばらく走るとこの先は山沿いの寂しい道なりになる。

昼間なら茂った木々が光を遮り涼しそうだが、日が完全に落ちると、途端に暗さが増して不気味な雰囲気に変わってしまう。

軟禁が解かれたシリルは、王都から近道をして山を超え辺境へ戻ってきたので、この道を通らなかったのだが、視線の先に馬車が一台道に停まっているのが見えた。

（今日、最後の乗り合い馬車か……？　それにしても、こんな遅い時間に……）

意識を向けた途端、馬車の後ろ側から悲鳴が聞こえ、続いて男たちの卑下た笑い声が聞こえてきた。

ぞわっと、嫌な予感が頭によぎる。

（まさか、山賊か？）

シリルは馬の腹を軽く蹴り、速度を上げて駆けつけた。

「お前たち、何をしている！」

大声を上げて馬車の後ろに回ると、数人の倒れた乗客らしき人と……連れ去られようとしていたのか、縛り上げられたリジーの姿が見えた。

いきなり大柄な男が馬でやってきたものだから、三人組みの男たちは驚いている。

「シリル様……！」

「リジー！　大丈夫か！」

馬からすぐに降りると、リジーを連れ去ろうとしていた男は手を離した。

「何だ、お前っ、邪魔すると痛い目に遭わせるぞ！」

「……貴様、リジーの身体に触ったな……？」

シリルは腰から下げていた愛剣を、迷いなく抜いた。

月夜の光に、刀身がぬらりと光る。

「……それ、売ったら高そうだなぁ」

その剣を奪い取ろうと、短いナイフを振りかざして襲ってきた男は、次の瞬間にはぽかんと口を開けていた。

胸には、シリルの剣が突き立てられている。

あまりにも一瞬の出来事に、刺された男は自分が貫かれたことを理解できないでいた。

ずるり、と剣を引き抜くと、太い血管でも傷つけたのか、途端に血飛沫が撒き散らされる。

「……ひ、ひぃぃ」

そう口から声を漏らして、男は目を開け、空を見ながら動かなくなった。

それを見ていた他の二人は逃げだそうとしたが、すぐにシリルに捕まり、足の腱を切られた。そうして動けなくなったところを、脱がされた服で縛り上げられた。

男たちの悲痛な呻き声が響く中、シリルはすぐにリジーに駆け寄り、縄をほどいた。

「良かった、シリルさま、無事でしたか……っ」

青い顔をして、声を震わせている。なのにシリルの心配をしてくれる。

人を斬りつけるところを見せてしまったことを後悔したが、リジーが感じた恐怖を思うと手加減ができなかった。

縛られ、恐怖の表情を浮かべるリジーの姿が目に飛び込んできた瞬間、襲った男たち全員の命を捧げることでしか、償えないと思ってしまったのだ。

「ごめん、少し時間が掛かってしまった……怖かっただろう？」

首筋に抱きついたリジーは、ぼろぼろと泣きながらシリルにぎゅうっと抱きついた。

「シリル様、良かった……。会えて良かった……シリル様……シリル様っ」

何度も何度も、名前を呼ぶ。

苦しかったが、シリルはリジーから与えられるすべてを喜んで享受し、自らもリジーを思い切り抱き締め返した。

倒れていた人間で、一番に目を覚ましたのは御者だった。

「助けてくださり、ありがとうございました。いきなり馬車を襲われて……何かで殴られて気を失ってしまいました」

「いい、無理するな。これから馬車にまだ気を失っている人たちを乗せて、宿場町まで行くけどいいか？」

リジーと御者を含め、気を失ったままの乗客を馬車に戻し、シリルは馬を操り歩かせる。

シリルが乗ってきた馬も、あとからちゃんと着いてきていた。

リジーはキャビンで、傷ついた人に今できる簡単な手当てをしながら、御者席で馬を操るシリルの大きな背中を見ていた。

時間は掛かったが宿場町にたどり着くと、それはもう大騒ぎになった。

いつもは大体同じような時間に着く乗り合い馬車が、いつまでも到着しない。

どの宿屋の人間もおかしいと思い始め、警備隊に見に行ってもらおうと話をしに行くところだったようだ。

キャビンで気を失ったままの客を見て医者を呼びに人が飛び出し、置き去りにしたままの山賊を捕らえに警備隊がすぐに向かう。

シリルを知る者が警備隊の中にいたため、状況説明も簡単に終わった。

山賊に襲われたリジーは着ていた服が汚れ、シリルも返り血を少し浴びてしまっていたが、宿屋から部屋を提供すると申し出てくれた。

山賊の存在は、宿場町にとってはかなり頭を悩ませる問題だった。

そんな輩が出没するとなると、警戒した行商や旅人は安全を考慮して迂回してしまう。

実際に、最近では宿場町を利用せずに、日の高いうちにこの辺りを足速に通りすぎていってしまう人も増えてきた。

このままでは、商売あがったりになってしまう。

そんな悩みの種であった山賊を、シリルが撃退してくれた。それが強い制御力となって、しばらくは新たな山賊も現れないだろう。

ぜひ、部屋を使って欲しい。湯浴みをしてさっぱりして欲しいという。

一度は断ったが、リジーを落ち着かせたいのと、無理をさせた馬の疲労を考え、ありがたく受けようと考える。

「リジー。申し訳ないが、乗ってきた馬をひと晩休ませたいんだ。今夜はここで泊まることになるが……いいかな？　その代わり、明日は早朝に出発しよう」

夜も遅く、先ほど恐ろしい経験をしてしまったリジーは迷うようなそぶりを見せたが、こくりと首を縦に振った。

「……はい。あ……ごめんなさい。今になって手が……震えてきてしまいました」

ふるふると震える手を握りしめて、ぎゅっと目をつむってしまった。

「俺がもっと早くリジーを探せていれば……ごめん」

「そんなこと……！　あの時、シリル様が来てくださらなかったら……私はどうなっていたか……」

想像もしたくないが、安易に予想ができる。

その内容にリジーが身震いすると、シリルは守るように細い肩を抱いた。

提供された部屋に荷物を置くと、宿屋の主人に進められるまま、たっぷりの湯で汚れや疲れを洗い流した。

部屋に二人きり。ベッドの端に、間を置いて腰を掛けた。

リジーは緊張しながらも、おずおずと口を開いた。

「シリル様……あの、噂でシーラの姫様と……婚姻の話が出ていると聞きました。確かめたくて王都へ向かったのですが、城の者が生家にもやってきたと聞いて。レオンや、お願いしてきた皆さんが心配で……私は途中で引き返してきたんです」

レオンや、彼を任せてきた皆に、もし万が一取り返しのつかない何かが起きてしまったら……。

苦渋の決断になったが、リジーは生家から辺境へ引き返していた。

その道中で、乗った馬車が山賊に襲われてしまったのだ。

「レオンも皆も大丈夫だ。直接会って確かめて、レオンを抱き締めてきた」

「ああ、良かった……っ、良かった」

安心のあまり泣きだしたリジーに、シリルは距離を詰めて肩を優しく抱いた。

「あの子の辛抱強さは、リジーに似たのかもしれないな。寂しいのに泣きだしそうなのを、必死に堪えていた。俺は君を必ず連れて帰るとレオンに約束したんだ」

シリルの腕には、今もまだレオンの重さや温もりの感覚がしっかりと残っている。

「それと、ユベール殿下のお力添えで、俺とシーラの姫君との婚姻の話はなくなったよ」

涙を拭っていたリジーは、ハッとして顔を上げた。

「……っ、それは、本当ですか？」

すぐには信じられないのも無理はない。

王都まで呼び戻され、婚姻を拒否したシリルは軟禁までされていたと聞いていたのだ。

それが、ユベールの力添えで、婚姻の話がなくなったなんて……。

信じがたく、半信半疑になってしまう。

揺れるリジーの瞳を覗き込んで、シリルは言葉を真摯に紡いだ。

「本当だよ。シーラの姫君は、ユベール殿下と結婚する。殿下は姫君を大切にすると、国王の前で宣言してくださった。国王も了承していたよ……渋々だったけれど」

「ユベール様が……？」

「うん。俺はリジー、君しか愛せない。それを殿下はわかってくれているから」

愛してる。リジーを愛してる。好きだよ。

耳元で繰り返し囁かれる愛の言葉が、リジーの不安で縮こまっていた心を温めていく。

シリルとシーラの姫の結婚はなくなった。シリルは今、自分を抱き寄せて愛を伝えてくれている。

「私も、シリル様を……愛しています。もし、このままお戻りになられなかったら、諦めようと思っていたけど……やっぱり好き、愛しています」

言葉と一緒にこぼれた涙を、シリルが優しく指で拭う。

「俺はもう絶対に、リジーやレオンの側から離れたりしない。拒否されても、これだけは譲れない。どうか俺を君の側に置いて……」

すぐに噛みつくような口付けで唇を塞がれて、髪を撫でられ、ベッドへ押し倒される。

簡素なベッドは、ギシッと小さく軋む音を立てた。

「んん……っ、は……シリルさま……っ」

今までにない激しさで、熱い舌がリジーの口内をかき回す。

その性急さに、今は身を任せていたい。

唾液も、わずかな嬌声も、すべてシリルに呑み込まれる。

「私も、離れたくない……」

しがみついてきたリジーが、意を決したように言葉を続ける。

「レオンの父親はシリル様です……あの時に素直に言えなくて、申し訳ありませんでした」

シリルはレオンの父親ではないと言い張り謝罪するリジーを、シリルはつらそうに見ているしかなかった。

しかし今、リジーはシリルが父親だと言ってくれた。

それがどれほどの喜びか、何日かけて語っても足りないくらいだ。

本当に、これで本当に自分があの愛おしいレオンの父親になれた。

「ありがとう。真実をリジーの口から聞けて、俺がどれほど喜びに打ち震えているか……ああ」

神聖な誓いを立てたあとのように、シリルは今度はそうっとリジーに口付けた。

真剣な瞳が、リジーを捉える。

「リジー。どうか俺と結婚して欲しい。俺には君しか必要ない、生涯の妻はリジーだけだ」

リジーの頬を撫でるシリルは、騎士団長や戦争の英雄の肩書きを捨てた、ただひとりの男になった。

リジーは……信じられないという表情で、涙を浮かべてシリルを見返している。

「わ、わたしは、私の家では、シリル様の家とは釣り合いが取れません……それに……レオンもいます」

子供がいる女性と結婚なんて、上級貴族であるキュリー伯爵が許すわけがない。

「リジー。俺は順番なんて構わないんだ。それに……」

「非難や批判を……わざわざシリル様が受ける必要はありません。私たちはあのまま辺境で暮らします。たまにレオンに会いに来てもらえるだけで……私は」

結婚は無理です。そう言おうとしたが――。

「父にも、リジーとレオンのことを話してある。俺の好きにしていいと、そうしなさいと言ってくれているんだ」

にわかには信じられないが、嘘ではないと真剣な瞳が語っている。

「そんな……私なんて……儀式を失敗させてしまったのに……」

リジーの足枷になっているのは、『一夜の花嫁』にまつわる間違った言い伝えだ。

子供ができてしまい、儀式は失敗した……そう強く思っているリジーに、シリルはゆっくりと話を始めた。

「リジーが悩んで不安に感じているのは、妊娠したことで、あの儀式が失敗したとみなされることだろう？　そのために、レオンも危険に晒してしまうと……」

こくりと、リジーは暗く視線を落として頷いた。

リジーの涙で濡れて冷えた頬に、シリルは手のひらを当てた。その温もりが、じんとリジーに伝わる。

「俺たちが教えられた伝承は、本来のものとは少し違っていたんだ。女神の加護は、女神が男性に処女を捧げて与えたものではなく、男性が女神に童貞を捧げて得られるものだったんだ」

目を丸くしたリジーが「ど……、童貞をですか？」と確認をする。

「ああ、そうだ。だから、一夜の花嫁が妊娠するかしないかなんて、関係ない。俺は正真正銘、あの儀式の夜まで童貞で、それを君に捧げた。そうして加護を得て、生きて帰ってこられた」

「そんな……」

「本当だ。ユベール殿下に真相の確認も頼んで、証明もできた。殿下が、あの儀式に関わった人間すべてに説明をするから、『家族』で安心して帰ってこい、と言って俺を送り出してくれたよ」

リジーは、それは本当か、事実なのか、と何度もシリルに問うた。

そのたびに、リジーが納得してくれるようにと、シリルは心を込めて返答をする。

そんなやり取りをしているうちに、リジーの表情が明るくなってきた。

シリルはほっとして、再び熱い気持ち、聞いて欲しいことを口にする。

「俺は君しか愛せない。ずっと一緒に生きていきたい……俺の花嫁はリジーだけだ」

自分をこんなにも、心の底から求めてくれている。

伝承の真相を聞き、長く思い悩んだことから解放されたリジーは、ただ喜びに打ち震えていた。

「夢みたい……夢みたいで、返事をしたらこの幸せが終わってしまいそうで……怖い」

シリルはリジーの震える唇に触れた。

「夢じゃない、だから返事が欲しい。俺とどうか、結婚してください」

青い瞳にたたえていた涙が、またひと筋流れた。

「わ……わたしも……」

「うん」

「私も、シリル様と一緒にいたい……っ、よろしくお願いします」

シリルは、今までリジーが見た中で一番幸福そうに、ふっと微笑む。「ありがとう」と、そう何度も繰り返している。

心がひたひたに幸せで満たされた。自分の言葉で、仕草で、シリルが幸せそうに笑うなんて。

城で侍女をしていた時。

シリルとたまにすれ違う瞬間、リジーはいつも緊張していた。

彼とは天地がひっくり返っても縁がありそうにない、シリルは高嶺の花だった。

それでも密かに想い続けて……この気持ちを大事に持ち続けて良かったと、心からそう思った。


それから、お互いに簡素な寝巻きを脱がせ合って、世界一大切なものに触れるように愛し合う。

身体を繋げて一度は果てるが、シリルはまだリジーを離せないでいた。

先ほどまで、ぬるつき締め上げる蜜壷の最奥を肉棒で突かれ、シリルから与えられる快楽に溺れていたリジーは今、ベッドの上で四つん這いにさせられている。

放った精液が膣口から滴り落ちていく様は、シリルを更に興奮させた。

「や、こんな格好……恥ずかしい……」

すべてが見えてしまう姿勢を取らされている。

リジーはたまらない気持ちになり、息も絶え絶えでベッドから下りようと試みるが、腰をがっちりと摑まれて止められてしまった。

「綺麗だ……もう一度、リジーの中に入りたい」

切っ先を濡れそぼった蜜口に押しつけられる。ついさっきまで肉棒を受け入れていたせいか、ぬるんと飲み込んでしまった。

「あん……ッ、あ、ああ……っ！」

それでも、太く長く熱い質量に、リジーの膝が震える。

肉壁を抉っていく角度が、さっき正面から抱かれた時とは違っている。

内蔵が押し上げられ、肺の空気が嬌声になって漏れていく。

タンッと、優しくひと突きされる。

「きゃうっ、あっ……ッ」

「さっきよりも、中が柔らかくて……絡みついてくる」

ずろろ……と膨らんだ切っ先が蜜口に引っ掛かるまでゆっくりと引き抜かれ、再び最奥まで押し込まれる。

すでに出した精液と愛液が混ざり、ぐちゅっぐちゅっと淫らな水音を立てた。

引き抜かれる感覚は切なく、また奥を突かれるとつま先が丸まってしまうほど快楽が走

る。

獣のような格好で恥ずかしかったが、次第にまた快楽の波に呑み込まれていく。

挿入されたまま、水蜜桃《すいみつとう》を思わせるふっくらとした尻に手を添えられ、ぐっと割り開かれた。

これでは、更に繋がった場所が、蜜口が肉棒を咥《くわ》え込んでいるところが丸見えになってしまう。

「いやっ、広げないで、見ないでぇ……っ！」

リジーは羞恥心で泣きそうになるが、シリルの熱い手のひらは、尻の柔肉を大きく円を描くように揉んだりしている。

そうしてまた割り開かれると意識してしまうのか、蜜口がひくひくと思考とは裏腹にいやらしく反応してしまう。

「……こんなに可憐で桃色の場所が、俺のを一生懸命に受け入れてくれて……見てるだけで、また射精しそうだ」

そう言われて、リジーの膣道は肉棒をぎゅうっと包み込んで無意識に締め上げる。

汗でしっとりとしたシリルの手が尻から離れ、リジーの白い背中をまさぐる。

ぐっと肉棒がまた押し込まれる刺激に、リジーの汗が噴き出す。

「……っ、あぁぁッ……」

突かれるたびに心許なく揺れる乳房に、手が掛かる。

背中からのし掛かられ、乳房を揉みしだかれ、リジーの頭の中は真っ白になっていく。

乳首をつままれ指先で潰されると、きゅうっと下腹部が切なくなった。

それを合図にしてか、シリルの抽挿が再び速くなっていく。

「……くっ、蕩けそう」

「あんっ……んンッッ！」

粘膜が絡み合い、抉り、押し上げ、絶頂の気配を感じつつ本能に身を任せる。

リジーは後ろから受け入れることに慣れ、もっと欲しいと自然に腰を突き出す。

本人も無自覚の淫らで魅力的な姿に、シリルは息を呑んで、ひたすら射精感を噛み殺す。

一秒でも長く、リジーの温かで締まりの良い中にいたい。

しかし身体は、早く早くリジーの中に精子を放ちたい、と止まってくれない。

「ひう……ッ、おく、すごい……じんじんします……っ！」

「このまま、出したい」

「……ッ、出して、中で出して……！」

ぶつかり合う肌からの水音や、身体が潰れないように力を込めた手足も、快楽に呑まれた感情を盛り上げる要素にしかならない。

「……あっ、イく、いきそう……ッ、あっ」

「一緒にイこう……？　二人で、気持ち良くなろう」

頭の芯が痺れる。

下腹部はきゅんきゅんとして、激しく擦り上げる肉棒を締める。

唇からは嬌声が漏れ、腰をシリルに突き出してしまっていることに気づいた。

「腰が……っ、やだ、気持ち良くて、止まらないっ」

「いやらしくて可愛くて……、ずっとリジーとこうしていたいけど」

いよいよなのか、更に深く速く抽挿されていく。

「だめっ、イク、いく……！」

「……ッ、くっ……」

ひと際深く突かれた先で、じわりと熱いものが広がった。

それをまるで飲み込むように、リジーの膣道はごくり、ごくりと搾り取る動作でうねる。

シリルは硬さを半分ほど失った肉棒を、その膣壁に味わわせるために、ゆっくりと腰を使い擦りつけた。

そうして満足すると引き抜き、ベッドにぱたりと倒れたリジーに口付けた。


その後、シリルとリジー、そしてレオンは、美しい湖での夏を一緒に過ごした。

『想い人と、その人が産んでくれた子供がいる』

官舎で軟禁されている間、シリルからそう聞かされていたキュリー伯爵は、早く二人に会ってみたくて仕方がなかった。

どうして婚姻前に子供を授かったのか説明され、その人のおかげで戦場から戻れたと聞いた時、どんな女性でも受け入れようと心に決めていた。

伯爵は夫人を伴って、辺境の地まではるばるやってきた。

リジーの気持ちが固まってからの顔合わせだ。

いくらシリルが『婚姻には反対されない。生家の爵位の違いなど気にしない』と言っても、ヒンメル王国では特段に大切なことだ。

……しかもキュリー家のような、名誉も権力もある伯爵家が、シリルの息子だとはいえ婚前に出産している女性を娶るなど……どんな影響が出るか予想がつかない。

しかし海よりも深く、空よりも広くリジーが悩んでいた気持ちは、顔を合わせた瞬間に霧散した。

とにかく、キュリー伯爵夫妻はリジーの手を取り大感謝し、レオンをひと目で溺愛し、一日も早くシリルと一緒になって欲しいと懇願する。

『我々は、リジー嬢以外の人とシリルを結婚させるつもりはない』

リジーとレオンだから、迎え入れたい。どうか我々とも家族になって欲しい。

キュリー伯爵のその言葉に、ついにリジーはシリルとの結婚を決めた。


秋になる頃。

リジーとレオンは、シリルと一緒に一度王都へ戻ることにした。

ラナや屋敷の執事長や使用人たち、そして辺りの領民が集まって三人の新しい門出を祝い、見送ってくれた。

湖はただ静かに、いつもと変わらない姿で湖面をキラキラと揺らしていた。

それからは夢のように目まぐるしい日々だ。

『リジー嬢の気が変わらぬうちに！』とキュリー伯爵夫妻はすぐに二人を結婚させ、孫であるレオンをお披露目した。

キュリー家が喜んで迎え入れたとあれば、それに陰口を叩く者はいない。

それにシリルそっくりの菫色の瞳、利発で可愛らしいレオンの姿を見た者は、悪く言おうなんて思うはずもなかった。

伝承の正しい謂《いわ》れをユベールから証明された王族や元老院の者たちも、リジーを女神と讃えてレオンを温かく迎え入れた。

翌年の春まではキュリー家の屋敷で暮らしていたが、シリルが騎士団に復帰するのに合わせて、新たに自分たちの屋敷を構えることになった。

と同時に、前団長は完全に引退した。

『オレのために良い胃薬を作って待ってくれている人がいてな。だいぶ待たせてしまったが、オレの花嫁にやっと結婚を申し込めるよ』

そう言って王都から去った前団長が、辺境の湖の近く、薬師の家で暮らし始めたと知ったのは少しあとのことだ。

国に帰ってきたアリアとも再会を果たした。リジーに抱きつき、涙を流してまた会えたことを喜んだ。

また、ほどなくして、シーラの姫とユベールの盛大な結婚式がとり行われた。

政略結婚ではあったが、二人は案外とても気が合うらしい。

本が好きで博学だという姫と、座学が得意なユベール。仲睦まじく、親友のように語らう二人の姿に、城の者は安堵しているという。

そうしてすべてのことが落ち着いた頃、国王からシリルに対して謝罪があった。

「あの時は国を建て直すことに焦っていて、強引になりすぎていた。すまなかった」

シリルはその言葉を受け止め、これからも騎士団長として国に尽くすことを誓った。

そして、もう二度とあの儀式をとり行わないで欲しいと願い出た。

レオンは毎日、シリルが帰ってくると一番に迎えている。

「おとうさま、おかえりなさい！」

飛びついてきた我が子を抱き上げて頬に口付けると、レオンは「くすぐったい！」とはしゃぐ。

ずっといたらいいなと密かに思っていた父親、それがシリルだったと知り、大好きな気持ちが抑えられないようだ。

すぐにリジーも迎えに出て、シリルはレオンを片手で抱き、リジーをもう片方の腕で引き寄せた。

「おかえりなさい、シリル様」

「ただいま、リジー」

シリルはレオンにしたように、リジーの頬にも口付ける。

シリルにたっぷり愛され、レオンを連れて逃げ回らなくていい安心した生活は、リジーを更に美しくさせた。

血色の良くなった頬は薔薇色に染まり、唇はその蕾のようにふっくらと愛らしい。

澄んだ空色の瞳は長く濃いまつ毛に縁取られ、瞬きするたびに影を落とした。

手入れの行き届いた豊穣の麦を思わせる金色の髪はきらめき、義母や義姉に連れられた社交界でも大注目の的だ。

誰もが英雄の妻でもあるリジーに話しかけたがるが、義母が女性以外には鋭い視線で牽制するので、男性陣はうかつに声を掛けられない。

こういった集まりには慣れないリジーだが、侍女仲間だった女性と再会などして楽しい時間を過ごせている。

また、生家との距離も辺境よりはだいぶ近くなったので、家族と会うことも多くなった。

リジーに注目が集まるぶん、シリルは心配で気が休まらないが、好きなことをして欲しいと思っている。

憧れていること、これまでできなかったこと……今からでも遅くなければシリルはなんでもリジーの願いを叶えてやりたい。

そんなリジーの一番の願いは、末永くシリルの隣にいることだ。

好き、愛しています、ずっとお側にいたい。

それが一番の願いだと聞いた日には、シリルは一晩中リジーを愛し、朝まで離せなかった。

自分が構えた屋敷に、愛するリジーとレオンが待っていてくれる。

シリルは毎日、出迎えてくれる二人を抱き締めて幸せを感じている。

「きょうはね、おとうさまにおねがいがあるの！」

「あっ！　レオン、えっと……お父様は疲れていらっしゃるから、あとで、あとでにしましょうね？」

やたら焦るリジーの様子に、シリルは俄然そのお願いが知りたくなった。

「どんなお願いなんだ、言ってごらん？」

シリルは、レオンにも甘い。

ぱぁっと表情を明るくしたレオンは、玄関ホール中に響く元気な声でこう言った。

「いもうと！　ぼく、いもうとがほしいの！」

「い、妹⁉」

思わず驚いてシリルが聞き返すと、レオンは「うん！　うん！」と返事をする。

「シャーリーがかわいいんだよ、ニコニコして。だけどシャーリーはよそのこだから、ぼくはじぶんのいもうとがほしいの」

シャーリーとは、この屋敷に働きに来ている使用人の、一歳になる子供だ。

その使用人は病気で夫を亡くし、路頭に迷いそうなところをリジーに助けられた。

今教会や修道院は、戦争や病で夫や親を失い、生活苦に陥った人々でいっぱいだ。

キュリー伯爵の屋敷やシリルの屋敷でも、そういった母子を助けるために使用人として雇っている。

子供を連れてくるのを前提にしているので、面倒を見てくれる乳母も雇い、使用人には安心して一日仕事をしてもらうようにしている。

リジーはレオンもシャーリーも分け隔てなく、乳母と一緒に面倒を見ている。

レオンには貴族としての勉強もあるが、子供は基本的には同じように一緒に遊ばせて育てる方針だ。

「妹かぁ、確かにシャーリーは可愛いもんな」

「そうなんだよ、すっごいかわいい。シャーリーと、ぼくと、いもうとで遊びたいの！」

シリルの兄の子も、リジーの弟たちも、男の子ばかりだ。シャーリーはレオンにとても懐いていて、レオンが座ったまま不器用に膝に乗せても、ニコニコしている。

ふわふわでニコニコの女の子、可愛くないわけがない。

「レオン。赤ちゃんは神様からの授かりものだって言ったでしょう」

リジーは赤い顔をして何とか騒ぐのをやめさせようとするが、レオンは全く聞く耳を持たない。

とにかく、父にそれを一刻も早く伝えたい、妹のお世話をしたいという気持ちでいっぱいなのだ。

「でもおばあちゃんは、おとうさまとおかあさんがなかよくしてたら、かみさまがどうぞってくれるっていってたもん」

「レオン……っ！」

とうとうリジーは、両手で顔を覆ってしまった。

シリルもつられて赤い顔をしてしまった。

「とにかく、まずは食事にしようか！　レオンもお腹が減っただろう？」

「じゃあ、ごはんがおわったら、おとうさまとおかあさん、なかよしする？」

「なかよしって、レオンっ！」

使用人たちが穏やかな表情をして見守ってくれているのに、リジーは恥ずかしくいたたまれなくなっていた。


その晩、シリルは夫婦の寝室に久しぶりにレオンを招いた。

辺境やキュリー伯爵家では親子で一緒に眠っていたが、シリルの構えた屋敷で暮らし始めてからは、レオンは自分の部屋を与えられた。

それでも、たまに真夜中に目を覚まし、寂しがって夫婦の寝室へ泣きながら飛び込んでくることもあった。

親側も、今夜は我慢してひとりで泣いているんじゃないかと心配しては、二人してそうっとレオンの部屋を覗きに行くことも度々あった。そうして、ぐっすり眠る我が子の寝顔を見て、ほっとすることを繰り返した。

今ではもう、レオンが夜中にやってくることはない。

湯浴みが終わり、ぽかぽかのまま大きなベッドの真ん中にレオンを寝かせ、今夜は親子三人で川の字になって眠ることにした。

灯りを少し落とすと、レオンは「うひひ」と笑って嬉しそうにしている。

シリルは、そんな我が子の頭を大きな手で撫でて、形を確かめるように小さな鼻の頭を突っついた。

悪戯っぽい父の触り方に、幼子は菫色の瞳を細めて喜ぶ。

「ぼく、きょうはどうしてこっちでねるの？」

「レオンが、俺とおかあさんが仲良くすると妹がやってくると言っただろう？　なら、レオンだって家族なんだから、仲良くしてお話ししたいって思ったんだ」

そう言って、「ね？」とシリルはリジーに同意を求めた。

「うん。レオンといつもたくさんお話ししているけど、もっとおしゃべりしたいって思ったのよ。妹も……家族皆が仲良しだと喜ぶんじゃないかな」

「そうか、なかよしのかぞくが、いもうとは、すきかもしれないもんね！」

そうして、レオンを中心に色々な話をした。

馬が好きなレオンは、将来は馬に乗る仕事がしたいという。

「おおきいうまのおせわしてね、のせてもらうおしごとをしたいの」

「馬か、馬は可愛いし頼りになる。もう少ししたら、乗馬の予行練習として、お世話して慣れるのもいいな」

「ほんとう？　わ、ドキドキしてきた〜っ」

きゃーっと声を上げて、身体の向きをくるりと変えて今度はリジーに抱きついた。

「おかあさんっ、おとうさまがっ！」

「ちゃんと聞いていたわ。レオンは馬が好きなんだものね、辺境ではよく、おとうさまに乗せてもらっていたものね」

湖で過ごした夏、レオンは毎日のようにシリルに馬に乗せてもらっていた。

世話は屋敷の使用人がしてくれていたので、今度はレオンに少し世話をさせてみたいとシリルは考えた。

「ぼくね、おとうさまみたいにじょうずにのれるようになってね……いもうととシャーリーを馬に乗せてあげるんだぁ」

シリルはそうっと身を寄せて、その広い胸にリジーとレオンを抱き寄せた。

親子三人。静かな夜に、身を寄せ合ってまどろむ時間を共にしている。

何かが一つ、欠けたりずれたりしていたら、叶わなかった願いが現実になっている。

奇跡に近い巡り合わせで再会できた二人を、いつまでも大切に大事にしたいとシリルは思っている。

今度、命を掛けることがあるなら、この二人のためだけだ。

「レオンなら、きっとうまく乗れるようになる。俺が保証するよ」

「……たのしみ……おとうさま、おかあさん……だいすき」

可愛いことを呟いて、レオンは夢の世界へ遊びに行ってしまった。

帰ってくるのは、明日の朝だ。

「……寝てしまったな。もう少し話したかったのに」

「仕方ありません。今日は午後からずっと、シャーリーのお世話に励んでいたんです。午前中にいらしたお義母《かあ》さまに……赤ちゃんがどうやってくるか聞いてから、張り切ってしまって」

二人が、次の子を考えていなかったわけではない。

ガラリと変わった環境にレオンが慣れてから、落ち着いたらと考えていた。

しかし、そのレオンが妹を欲しがっている。

「確実に妹をって、それこそ神頼みになるが……俺はまたリジーとの子をすごく欲しいよ」

「ふふ、私も……シリル様の子供が欲しいです。レオンがこんなに愛おしいんですもの、もうひとり子供がいたらもっと幸せです」

菫色の目を細めて、シリルは囁く。

「きっと君に似た、優しくて聡明な女の子だろうな」

「とても元気な女の子かもしれませんよ、レオンのような」

二人はくすくす笑い合う。

なぜか二人には、次に授かる子供は女の子だろうという予感があった。

シリルは世界一愛おしい妻、リジーの額に口付け、世界一可愛い息子レオンの頬にも優しく口付けを落とす。


誕生を楽しみに待つ三人の元へ、笑顔の可愛らしい青い瞳の女の子が生まれるのは、そう遠くない未来だ。

あとがき

はじめましての方も、お久しぶりの方も、この本を手に取って頂きありがとうございます。

木登と申します。

ヴァニラ文庫様では、二冊目の本を出して頂きました！　ありがたいです！

今回のお話は、シークレットベビーものになりました。

男爵家に生まれたヒロイン・リジーは優しい心と美しい容姿を持ちながら、生家が貧乏ゆえに自身の結婚は諦めています。

王都の城で侍女として一生懸命に働きながら、実は密かに想いを寄せているヒーロー・シリルを目で追い、静かに胸を焦がす日々を過ごしています。

そんなある日、二人を急接近させるある儀式の話を持ちかけられて……。

密かに目で追うだけの恋だったはずが、子供を授かり、守るために行動を起こします。

リジーの心情、シリルがどう感じたかを読者様に知ってもらい、二人を応援してもらいたくてぐっと深く書きました。

シリルがどのくらいリジーやレオンを愛しているか、感じて頂けたら嬉しいです。

あと、本文では匂わす程度でしたが、薬師のラナは前回の一夜の花嫁でした。報酬を貰い、医局を辞めて故郷で店を開きました。

前団長は騎士を退団したらラナと結婚すると誓い、その通りに正式に退団した後は辺境へ向かいます。

ラナと前団長にも身分差がありラナが身を引きましたが、前団長は絶対に諦めなかったようです。お話の最後で二人は一緒になりました。

美麗なカバー絵、挿絵はｇａｍｕ先生が担当してくださいました！

もう本当にリジーが可愛くて綺麗で、ひと目で推しになりました。

シリルは格好よく、レオンはめちゃくちゃ可愛い！

カバー絵やキャララフを見ながら、もっと読みやすくハッピーエンドなお話になるように、改稿を頑張りました。

親子三人でベッドでおしゃべりをする挿絵、大好きです。

素敵な一冊になりました。ｇａｍｕ先生、ありがとうございました！

そして、今回も適切なアドバイスやスケジュールの調整などをしてくださった担当様、いつも本当にありがとうございます。

私、いつもやり取りするメールにビックリマークをたくさん付けてしまうのですが、気にせず返信を頂けるの、いつもありがたいです。

メールを送ってから『馴れ馴れしかったかな』とひとり大反省会をしていますが、これからも普通に接してもらえたら嬉しいです。

最後に、この物語を読んでくださった読者様へ。

お手に取って頂き、ありがとうございます！

リジーとシリル、二人の恋の物語が、少しでも読者様の楽しみになれたなら幸いです。

いつまでも親子三人、そのうちに妹が生まれて、親子四人でいつまでも幸せに暮らします。

そうなっていたら良いなと、読者様も思ってくださったらとても嬉しいです。

木登

原稿大募集

ヴァニラ文庫では乙女のための官能ロマンス小説を募集しております。
優秀な作品は当社より文庫として刊行いたします。
また、将来性のある方には編集者が担当につき、個別に指導いたします。

◆募集作品

男女の性描写のあるオリジナルロマンス小説（二次創作は不可）。
商業未発表であれば、同人誌・Web 上で発表済みの作品でも応募可能です。

◆応募資格

年齢性別プロアマ問いません。

◆応募要項

・パソコンもしくはワープロ機器を使用した原稿に限ります。
・原稿は A4 判の用紙を横にして、縦書きで 40 字 ×34 行で 110 枚 ~130 枚。
・用紙の 1 枚目に以下の項目を記入してください。
　①作品名（ふりがな）/②作家名（ふりがな）/③本名（ふりがな）/
　④年齢職業 /⑤連絡先（郵便番号・住所・電話番号）/⑥メールアドレス /
　⑦略歴（他紙応募歴等）/⑧サイト URL（なければ省略）
・用紙の 2 枚目に 800 字程度のあらすじを付けてください。
・プリントアウトした作品原稿には必ず通し番号を入れ、右上をクリップなどで綴じてください。

注意事項
・お送りいただいた原稿は返却いたしません。あらかじめご了承ください。
・応募方法は必ず印刷されたものをお送りください。CD-R などのデータのみの応募はお断りいたします。
・採用された方のみ担当者よりご連絡いたします。選考経過・審査結果についてのお問い合わせには応じられませんのでご了承ください。

◆応募先

〒100-0004　東京都千代田区大手町 1-5-1　大手町ファーストスクエアイーストタワー
株式会社ハーパーコリンズ・ジャパン　「ヴァニラ文庫作品募集」係

麗しの騎士団長様に息子ごと愛し尽くされています

～極甘シークレットベビー～

Vanilla文庫

2023年9月20日　第1刷発行　定価はカバーに表示してあります

著　者　木登　©KINOBORI 2023
装　画　gamu
発行人　鈴木幸辰
発行所　株式会社ハーパーコリンズ・ジャパン
東京都千代田区大手町1-5-1
電話　03-6269-2883（営業）
0570-008091（読者サービス係）

印刷・製本　中央精版印刷株式会社

Printed in Japan ©K.K. HarperCollins Japan 2023 ISBN978-4-596-52556-7